我一定要去寻找，就算无尽的星辰令我的
探寻希望渺茫，就算我必须单枪匹马。

———［美］艾萨克·阿西莫夫

鲲鹏
青少年科
幻文学奖

夜空下的文明之火

唐德清　王艺博　王博林　著

中国大百科全书出版社　　知识出版社

图书在版编目（CIP）数据

夜空下的文明之火 / 唐德清，王艺博，王博林著 .
北京：中国大百科全书出版社，2025. 1. --（鲲鹏科
幻文学奖丛书）. -- ISBN 978-7-5202-1665-4

I. I247.7

中国国家版本馆 CIP 数据核字第 2024715NY4 号

YEKONG XIA DE WENMING ZHI HUO

夜空下的文明之火

唐德清　王艺博　王博林　著

出 版 人	刘祚臣
策 划 人	姜钦云　张京涛
责任编辑	朱金叶
助理编辑	王怡然
责任校对	任　君
封面设计	罗　艳
美术编辑	侯童童
责任印制	吴永星
出版发行	中国大百科全书出版社　知识出版社
地　　址	北京市西城区阜成门北大街 17 号
邮　　编	100037
网　　址	http://www.ecph.com.cn
电　　话	010-88390725
印　　刷	文畅阁印刷有限公司
开　　本	710 毫米 ×1000 毫米　1/16
字　　数	178 千字
印　　张	12.75
版　　次	2025 年 1 月第 1 版
印　　次	2025 年 1 月第 1 次印刷
书　　号	ISBN 978-7-5202-1665-4
定　　价	45.00 元

目　录
CONTENTS

夜空下的文明之火

唐德清

第一章

　　眼前似乎是一片湖滩，一个男人正牵着视线一侧的手，漫步在这夜幕降临的湖滩。一个孩童的声音突然响起："爸爸快看，湖水好美啊！"视线转到一旁，清澈的湖水中映射出漆黑的天幕以及点缀的点点繁星。

　　男人停下了前进的脚步，弯下了腰。视线随着他重新直立的身子抬了起来。男人的手指向头顶："美的可不是湖水哟，湖泊只是起到了反射的作用，真正美的其实是我们头顶上的这片夜空啊！"

　　视线随着男人的指尖一同投向了头顶。渐渐地，视线逐渐模糊了起来，只能隐约听见孩童的声音，似乎是在向男人询问着什么……

　　白光刺激着闭合的双眼，身旁不知何物发出了冰冷的机械音："意识重载开始，神经元链接已接通，核心引擎能源已注入，已切换为主动控制。"

"头很痛，眼睛好难受……"这是脑海中仅有的想法。记忆仿若一张空白的纸片，没有一丝一毫过往的痕迹。

"我是谁，我在哪里？"随着白光渐渐消散，我的思考能力也在渐渐恢复。终于，紧闭着的双眼缓缓睁开，我看见了自己身处何地。

我坐在一把类似于驾驶座的柔软座椅上，映入眼帘的是一扇宽大的落地窗。窗外，浩瀚的宇宙星空在我面前展露无遗。漆黑与光亮交织在一起，如同黑色画布上泼洒的荧光颜料，令人陶醉。身后，目光所见皆是一片黑暗，望不到边。此时，我如同端坐在龙椅上的古代帝王一般，俯瞰着王座下的芸芸众生。

在这开阔的黑暗空间之中，一种孤寂的氛围在我的身边徘徊着，如同一只虎视眈眈的饿狼，仿佛随时能把我吞噬殆尽。就在我打了个寒战的同时，一道空灵的女声响起："您好，尊敬的领航员阁下！"不同于那个毫无情感的机械音，她的声音如同清晨时百灵鸟的鸣唱，又如同早春时山林中的涓涓细流，悦耳动听。

我愣了愣，原本准备抬起的腿停滞在了空中。

"领航员？是……我吗？"

"我知道您现在还有很多疑问。"那声音再度响起，"但现在还不是回答您的时候。随着方舟的前进，您终会知晓一切真相……"柔和的声音戛然而止，不等我问出早已浮在嘴边的问题——方舟是什么？

我轻轻从座椅上站了起来，缓步走向那片广阔无垠的星空。站在落地窗前，褐色的眼眸中映出漆黑中的点点繁星，我抬起了手，轻轻抚摸着干净而冰冷的玻璃。

"手好凉啊，头又开始疼了……"似乎是受到了什么刺激，原本平静的记忆之海此时又开始波涛翻涌。望着因我口中呼出的热气而模糊了星空的窗户，我的脑海中渐渐浮现出了别样的画面……

波纹渐渐趋于平缓，水中倒映着的星空逐渐清晰了起来。

一双沾满了水渍的小手指着湖水中的"白玉盘"，似乎是在对它表示好奇。这时，一双大手拉起了小手，擦拭着小手上的水渍。

低沉的男声响起："你知道吗？这个大大的球啊，其实叫作月亮哟。"

视线并没有顺着大手看去，而是依旧紧盯着湖中那片小小的星空。一个稚嫩的童声响起，询问道："爸爸，这个月亮是不是就是熄灭了的太阳啊？"

"不对哦。"男人的话语表现出了否定的语气，"月亮就像是一面镜子，在晚上太阳落下了的时候，为你，为爸爸妈妈，为大家带来微弱的亮光。"

"那是不是只要太阳不落下，我们就可以不需要月亮啦？"稚嫩的声音表现出极度的兴奋，孩童似乎是对自己刚刚发现的理论感到很得意。

男人笑了笑，道："太阳和月亮啊，就像是爸爸和妈妈一样。你觉得，你是不是只需要爸爸妈妈中的一个就够了呢？"

"啊？当然不要啦！如果没有爸爸，我就没办法经常出去玩了；如果没有妈妈，谁来给我做好吃的呢？所以我要爸爸妈妈一起，一直陪在我身边！"稚嫩的童声坚定地说道，看着湖面的视线左右摇了摇。

男人哈哈大笑起来："你啊你，除了想着玩就是想着吃……"伴随着孩童单纯的言语的是两个人的笑声。

在欢声笑语之中，湖面中的星空和那个皎洁的圆月，逐渐模糊了起来。恍惚间，低沉的男声再次响起："太阳的火焰引燃了人类的文明之火，可当太阳真的熄灭后，人类文明的火苗，是会依旧在风雨中飘摇？还是会化作零星余烬呢……"

我擦拭着额头上因头疼而冒出的细汗。刚刚那是？我看着窗外，思考着刚才发生的事情。窗外依旧是繁星满天，但此时，右上角的地方出现了一团刺眼的亮光。我猛地转过头，却刚好与迎面而来的白光撞了个正着。

"抱歉，领航员阁下，您已经在这里站了近一个小时了。为了确定您的状态我才……"空灵的女声突然出现，如同它方才消失一般出人意料。我双手捂着眼睛，全然没注意听她作出的解释。

擦拭着眼中因受到刺激而出现的泪水，我抱怨道："下次再遇到我发呆的情况，能否请你只是喊我一声，而不是放个大灯在我身后？我刚睁眼不到半小时！"可能是眼睛过于难受，也可能是被刚刚的事所困扰，我的语气烦躁了许多。

我长舒一口气，心中的焦躁渐渐恢复平静。女声的源头似乎是察觉到了我心情的平复，开口说道："尊敬的领航员阁下，现在距您清醒已过去 1 小时 37 分钟。根据'方舟引擎'的监测与计算，您身体的各项指标目前均已合格。下面，到了我向您介绍这艘星际飞船，以及给您下发任务的时候了。"

"我是这艘飞船上辅助您完成任务的人工智能助手，至于我的名字……"她顿了顿，似乎犹豫了一下才说道："前人给我起名为……'辅航员 308 型'。"

沉默了大约两三分钟，她才继续讲述道："嗯……这艘飞船是地球人类文明所研发的探索货运型星际飞船，以恒星级物质的裂变所产生的能量作为主要能源。如今，人类文明已到了公元万年左右，整个太阳系的能源储备已无法满足人类的生产需要了。随着超光速的出现，人类也将视线投向了更为广阔的宇宙。而这艘飞船的职责则是为人类文明收集足够的超重元素，以满足文明更进一步发展的需求，同时去寻觅更多的宇宙文明……"大厅再次恢复了寂静。

"所以……"这一次我率先发问，"为什么要将它称为'方舟'？"

话音未落，她的声音再次突然响起："'方舟'……作为新一任领航员，您有权为它起一个崭新的名字。"这一次，声音带着些许的期待与一丝不易察觉的催促。

转过头，我看着落地窗外的景象，乳白色的银河如同丝绸般缠绕在宇宙间，闪烁的星辰就像是点缀的宝石，熠熠生辉。"那就叫'夜空'吧！"我痴痴地望着璀璨的星河，一个名词从脑海中浮现。

"夜空啊……很应景呢！好久没听过这样的名字了。"她似乎有些感慨，又好像是在回忆，抑或是陶醉于这个再平凡不过的名字。

遥望星辰，不久前的那次奇妙回忆，以及那名男子最后所说的话，在我的脑海里不断闪过。

"文明之火……是延续，还是熄灭？"我想叫住辅航员，向她询问一些事情，可问题刚到嘴边，却犹如被一堵墙拦在了口中。而这面墙，便是对她的称呼。

我思索了片刻，呼唤起沉默的她："哎……那个……辅航员？"

"领航员阁下，请问有什么事吗？"她的声音响起。

"'辅航员 308 型'，是吗？"

沉默了半晌。"是的，尊敬的领航员阁下。本系统共迭代了 308 次，换句话说，就是更替了 308 位人工智能，才诞生了如今您面前这位辅航员，能与您交流的我。"她平静地说道，而在提及"更替"时，一抹难以觉察的忧伤从她的话语中流露出来。

"这可不像个名字啊……"我沉思了片刻，"要不这样吧，我以后就称你为'星火'吧，意为文明的星星之火，怎么样？"我望着那张座椅后宽敞却依旧漆黑的大厅，等待着她的答复。

"星火？星火……星火！"由原先的诧异，到后来的惊讶，以及最后的激动，这是我自苏醒后第一次听到她情绪如此巨大的变化，就如同一位活生生的，富有情感的人类，而非只有冰冷平淡语调的人工智能。我舒了一口气，她应该对自己的新名字感到惊喜吧？或许她并不喜欢"辅航员 308 型"这个称谓，真是先进的人工智能啊！

"啊，抱歉。"似乎是意识到和自己平时不一样，星火急忙调整了一下，恢复了之前的平静语气，但仍掩饰不住她的一丝欣喜。"感谢您，领航员阁下。辅航员星火，为您服务！"

"哦对，差点忘了！"经历了一番事情之后，我才想起我呼叫她的目的。

"我们所需要的超重元素，应该如何获取？我们的目标又是多少……"

"越多越好！"我的问题还没结束，星火便抢答道，"嗯，越多越好。超重元素的转化通常需要天体级别的物质，因此想获得足量的元素，应利用无人机阵列搭建覆盖行星的恒星能源采集板，以收集这颗行星所围绕的恒星投射的能量，逐步环绕该行星构建出完整的星体星环。利用采集板供能，通过星环行星级别的分解速度与功率，将一个星球分解至只剩下内核。"

"那这个星球上的一切文明，环境，资源……"

"都将被彻底抹去，转换为超重元素为我们所用。我们通常将这种行为称为'收割'。"星火平静地说，好像是在谈论一件家常小事。

似乎是察觉到我对收割的排斥，星火犹豫了片刻，道："其实呢，除了收割，我们也可以与有文明存在的星球签订共生协议，与该文明和谐共处。我们人类文明会为他们提供科技方面的辅助，而他们则为我们提供我们所需的资源。"

"是否需要收割该星球，由领航员您来决定，但请务必牢记，执行共生所花费的资源与精力都将是收割的数倍，同时我们所能收获的超重元素也将大打折扣。在您抉择的时候，还请您慎重权衡利弊。"

"若是无法达到超重元素所需的最低标准，我们的任务将无法完成，那我们的文明将……"星火的声音逐渐激动。突然，她的声音戛然而止，大厅重回静谧。

"星火？星火？"我呼唤的声音如同细雨落在湍急的水流中，被大厅的黑暗吞没，没有任何回应，我从座椅上跳起，开始在大厅四处奔跑呼喊。

"星火，你怎么了？回答我！"呼喊的声音在空旷的大厅中回荡着，异常响亮，却又因无人回应而略显孤寂。

我仰望着天花板，却似乎只能看见无边的黑暗。正当我被不安与疑惑包围时，猛然间，头顶的黑暗宛如塌陷的屋顶般坠落，逐渐占据了我的视野，向我袭来，将我吞噬……

无边无际的黑暗，伴随着轻声的抽泣与呜咽。渐渐地，黑暗中先出现了一条缝，紧接着一个像房门一样的物体被打开了。门外站着一位高大的男人，至少从视线的高度来说。视野很模糊，如同被覆盖了一层薄薄的水雾，以至于男人走上前蹲下，他的面容都难以辨别。

"爸爸！"原本轻微抽噎的童声因伤心害怕转变为号啕大哭，一双稚嫩的小手一把紧紧抱住男人的脖子，再也不想松开。

视线上升，男人在起身的同时将孩童抱起，抚摸着他的后背，轻声安慰道："爸爸在呢，爸爸在呢。怎么一个人跑到爸爸研究室的仓库来啦，妈妈呢？"

可能是男人的安抚起了作用，孩童的哭泣声逐渐减小。"爸爸已经五天没回过家了，我想爸爸，就瞒着妈妈跑过来找爸爸了……"说罢，他的声音又显得委屈了几分。

"没事儿啦，没事儿啦，爸爸这就和你一块儿回家去。不哭不哭……"聆听着男人轻声的承诺，枕在男人宽大的肩膀上，感受着男人对后背的抚摸，孩童的哭声逐渐平息下来。模糊的视野随着孩童越来越弱的哭泣声变回了一片漆黑。

恍惚间，男人的声音再次响起："如果太阳有一天真的熄灭了，孩子，你会成为人类文明之火中孤身助燃的火绒？还是紧抱在一起的余烬呢？抱歉，爸爸已经做出选择了……"

"领航员阁下？领航员阁下！"星火焦急的声音由模糊逐渐变得清晰。

我一个趔趄，跌坐在地板上，扶着额头强忍着剧痛与晕眩，大口地喘着粗气。

"您还好吗？领航员阁下。抱歉，刚刚是我的疏忽。由于'夜空'之前处于节能模式，大厅中的灯是关闭状态。按理来说，您苏醒后我应该……"

我挥了挥手，打断了星火内疚的道歉与解释。因为此时，我有更重要的问题要问："你刚刚去哪了？是不是有话还没说完？为什么我身为领航员却无法呼叫你？"似乎是又一次受到出现在脑海中记忆的影响，我再度变得急躁和不安，一股脑地将问题全倒了出来。

"那个……抱歉，领航员阁下。刚刚……我因触犯了限制，被禁言并修正了错误。"星火犹豫了片刻，做出了解释。

"身为辅航员，我无权干涉您的抉择，更不该做出影响您判断的举动。您是人类文明选出的领航员之一，您的指令将会是这艘飞船上最优先的采纳标准。是我疏漏了……"

疼痛减轻了不少，伴随着大厅光源的开启，我扶着地板站了起来。原本幽暗的飞船，此刻终于投入了光明的怀抱。

"所以说，我下发的指令并不是绝对执行的？"虽然早已对这个问题的答案有了猜测，我依旧问出了这个令我有些郁闷的问题。

"一般情况下，您的指令会是'夜空'及其相关系统首要遵从的命令，但若是您下达的命令有悖于人类文明所设定的法令——如采集超重元素，保障飞船完好和安全等，系统将强制您陷入沉睡，并接管'夜空'的航行与操作。"

"那我之前陷入沉睡，是因为触犯了法令？"

"下达违背法令的命令且拒不更改，您是不会有再次苏醒的机会的，这点还望领航员阁下知晓。"星火在我怀疑的眼神下给出了仔细一想有些恐怖却又合理的解释。

在我愣在原地且惊讶于这艘飞船上的规则之严厉时，落地窗外一个土黄色星球进入了'夜空'的视距范围，映入了我的眼帘。远远看去，它的大地上没有一丝一毫的绿色，仿佛是一颗没有生命气息的荒漠。背景是一片又一片灿烂的银河繁星，而舞台的中心是一片死寂般的炼狱，绚丽与荒凉相互碰撞，就如永恒与刹那的呼应，令我不自觉地向窗户旁走去。

星火空灵的声音和她的话将我立刻拉回了现实："领航员阁下，您苏醒后的第一站——PG48759号行星，也是恒星3902e3j2星系的第三颗行星，又名'荒星'，到了！"

第二章

"报告指挥官，敌军已经攻破了我们的第三道防线，正在向存放重型武器的最后一道防线逼近！"道格慌张地冲进指挥部，手中紧紧攥着前线发来的报告。

道格·克里尔曼在从军前不过是一个工人家庭里再普通不过的孩子，同大多数人一样，成年后的道格受到儿时父亲的影响，做起搬运重物的工作。这些都是战争开始前的故事了。

指挥官靠着椅背，缓缓端起桌上的热茶抿了一口，说道："道格副指挥，你还记得你是什么时候参军的吗？"

"大概是四十岁，还是五十岁？我有些记不清了。"道格一时有些疑惑，不清楚指挥官的意图。

"现在的你应该有两百多岁了吧，以我们赫尼族平均三百五十年的寿命来说，这个年龄虽然身体还比较硬朗，但也不再属于年轻这一范畴了吧。"指挥官将茶杯放回自己杂乱无章，堆满了各种报告和信封的木质桌面上，推到了桌上唯一整洁的东西———一副相框的旁边。

就在道格上前一步，刚想询问指挥官要做何事时，指挥官却摆了摆手，随即大笑了起来。道格听出了笑声中的悲痛，无奈，惋惜，以及释怀。

"你环顾一下四周，看看我这狭窄的指挥室。木质的墙壁早已腐朽，角落里因积水而腐烂的地板散发着阵阵恶臭。没有一丝生命的气息，不是吗？"

随即，指挥官从座椅上站了起来，声音提高了一倍，望着窗外怒喊道："可你再看看外面，和这里又有什么不同？大片的荒漠上，灰白色的尘土卷起早已枯死的灌木；污水流经的地方，生物因战争和污染而死亡的尸体堆砌成了一座又一座山峰；在因黄沙遮蔽而失去蔚蓝颜色的天空下，一座又一座钢铁的城邦拔地而起……这还是我们所熟悉的那个世界，那个家园吗？！"指挥官的眼中多出了一抹血色，如同熊熊燃烧的火焰——为文明的存亡而燃烧的火焰。

说罢，指挥官掩着面，跌回了座位上，说道："如果没有这场持续了百年之久的战争，如果没有那些高高在上却极度贪婪的统治者执意要瓜分这个星球，我们此时应该都处于一个充满希望的文明中，畅想着我们的，世界的，文明的未来吧……"

道格低着头，看着手中的报告，沉默着。指挥官长叹一口气，望着布满腐烂痕迹的天花板，惆怅地说道："这个仗，我不想再打了。没有尽头，没有未来，哪怕胜利了，我们又赢得了什么呢？一个充满绝望与死气的世界？"指挥官抓起桌上的手枪，对准了自己的额头。

道格被吓了一跳，刚想冲上前去，一个士兵闯进了指挥室，率先冲向并扑倒在指挥官的桌前，大声喊道："指挥官，据空袭侦察部的士兵传回的情报，似乎有什么东西出现在了大气之上。据战地科学家们推测，极有可能是敌军新型的科技装备！"喘着粗气的士兵急匆匆汇报着，丝毫没注意到指挥官手中的动作。

指挥官犹豫了一会儿，将枪放回了桌上，这也令一旁的道格松了一口气。

"好的，我知道了，你先下去吧。"

随着士兵的离去，指挥官看向自己的副手，沉思了片刻，便说道："刚刚是我有些冲动了，我的家人还在等着我回去。道格副指挥，你替我去一趟侦察部了解情况吧。我去向上级提出辞职申请，我想好好陪陪家人们。毕竟，他们已经等了很久很久了……"指挥官望着桌上的相框，双眼不知不觉间被思念与悲伤浸湿了。

过了一会儿，他抬起头，冲着道格笑了笑："我走了之后，想必这间指挥室应该就属于你了，你也趁现在好好适应一下指挥官的日常吧。"指挥官站起身，冲道格摆了摆手，绕过他走出了指挥室。

"可是指挥……"指挥官留下一个落寞的背影，将道格到嘴边的话挡了回去。

第三章

我背靠着椅背，双手十指交叉着，注视着窗外那个灰黄色的行星。没有植被，没有河流，海洋不再是纯净的深蓝，而是如同堆满垃圾的污水一般呈现出墨绿色。荒凉的大地上，能时不时看见一团又一团火光从地表灰黑色的"山脉"中发射升空，再朝远处飞去。若不是因为还有这些钢铁筑成的堡垒和火光熊熊的炮弹，很难让人相信这个星球是有文明存在的。

"领航员阁下，'夜空'的扫描系统已经将该行星的数据整理好了……"和我的表情一样，星火的语气中同样夹杂着对这颗星球状况的不解与震惊。

"PG48759行星属于类地行星，其地质结构、大气组成以及生命形式，甚至都与地球相似。初步判断该星球上的文明属于与地球同样的碳基生命。该星系的恒星质量约是太阳的 1.5 倍，并且该行星围绕其星系恒星的周期约为 492.3 个地球日。目前，由于要确保'夜空'的存在暂时不会影响该行星上的文明，故无法进行更加深入的探测。据系统推算，大约在 200 个周期前，这个行星的生态十分完善，植被丰富，河流充足，海洋与陆地的比例达到 6.73 ：3.27。至于为何成了如今的模样，以及该行星上文明的演化历史和阶段，系统依然需要更深层次的探测。故此向领航员申请，下达指令派遣无人机阵列群进入大气层。"

"以上便是'夜空'系统所生成的报告，领航员阁下。"我注视着座椅前方投射出的全息影像，点了点头示意我已阅读完毕。

"星火，无人机阵列群是否具有在被攻击时反击的功能？"得到了星火肯定的答复后，我从座椅上站了起来，走到窗前。炮火不断，硝烟弥漫；钢铁铸城，寸草不生。这一切驱使我对这个我第一个接触的行星上的文明产生好奇和疑惑。

我挥了挥手，下达了命令："派遣无人机阵列群，切记不可主动干扰该文明的演化进程！"

"收到！"

第四章

道格犹豫了片刻，迈入了侦察区的大门。指挥官的话不无道理，可他已经经历了百年的战争时代，这几乎占据了他大半的生命。如今他若是卸下了自己的职责，还能回到哪儿去呢？继续做一名最底层的搬运工？

"克里尔曼副指挥，您好，我是侦察部的总负责人。请问指挥官他到……"

"他有其他更重要的事要忙，我来接替他，带路吧。"不等负责人说完，道格烦躁地挥了挥手，示意他尽快带自己前往侦测室。

走进由金属与木头一同堆砌的盒子，推开侦测室吱呀作响的铁门，一股铁锈味夹杂着腐烂的气息扑鼻而来。道格强迫自己不当场呕出来，走向了观测台。

他环顾四周，角落里有一抹嫩绿色。就在道格揉了揉眼睛，想看清楚的瞬间，一台沉重的机械仪器被重重砸在了角落里，毁掉了那为数不多的鲜艳颜色。

"那台仪器是研发部最新研制的防打击侦测表，它能通过检测空气中残留的热量来计算导弹走过的路程，从而推断出导弹即将经过的轨迹，发出预警……"负责人得意地讲述着，道格却没有丝毫兴趣。反而是刚刚那抹嫩绿，使他对指挥官的话有了更深的思考。

"副指挥，就是这里了，我们一般通过这台天空观测枢纽来侦察敌军战机的动向。"负责人指了指一台高大的望远镜和一台仪表盘。道格瞥了一眼负责人，就这种东西，真的能监测到敌人？

怀着质疑的态度，道格利用仪表盘，确定了自己所要观测的经纬度后，看向了望远镜。出乎意料，望远镜不仅能通过旋钮和按键遥感直接进行方向的切换，还能进行视距上的调整。"通过仪表盘系统的分析计算，我们能通过测算观测区域所含的恒星辐射值来判断空中是否出现异物，以此来对敌军飞行器进行监测。"负责人解释道。

可尽管如此，道格并未发现敌军的踪迹。"您将方位调整至北纬56度46分23秒，西经78度34分16秒处，再朝向大气层将视距调至最远……"道格强压住怒气，不耐烦地操作着设备。

"那里明明什么都没有！"在仔细观察了近半个小时后，道格终于忍不住怒吼起来。现在正值傍晚时刻，道格就这样在天空中的尘土与透过尘土的余晖中搜寻着所谓的"敌军"。

"你要知道，还好这次来的是我，要是指挥官因为你们这次的误报而耽误了这么长的时间，损失你们承担得起吗？哪怕是我，将精力耗在这没用的东西上半个小时也……"

"那么请问，副指挥官阁下。"负责人注视着愤怒的道格，嘴角微微上扬，冷笑了一声，说道，"对于在这里没日没夜地观测，在这些你所说的没用东西上付出自己的一切，甚至是生命的一位位战士来说，他们又被耽误了多长的时间呢？"

道格愣住了，怒火如同被浇了一盆冰冷的水，熄灭了大半。负责人向前一步，眼神紧盯着道格，不顾他的窘迫，继续反驳道："他们在这里监视着敌军的动向，一坐就是几十天。是，赫尼族确实可以几天不睡觉，不进食，但若是翻个数倍，数十倍，数百倍呢？每天因休眠不足，操劳过度或是营养不良而丧生的士兵数不胜数，这些都是为了什么啊？！哦是的，是为了保护你们这些坐在办公室里的一个个'上级'不被敌军一个炮弹炸成肉泥！是为了帮助那些躺在锦缎绵绸中的大人物取得一寸又一寸的土地，赢得一笔又一笔的财富！"负责人怒吼着，竖瞳的两旁布满了血丝，似乎随时要迸发出能燎原的火光——为文明的凋落而迸发的火光。

道格愣在了原地，这种眼神他曾经见过，在指挥官的眼中。他的脑海中闪过自己参军以来的所有画面，毫无疑问，战争就如同一辆滚滚而来的坦克，视生命如草芥，再将其践踏殆尽；视文明如土埃，再将其夷为平地。这一刻，道格终于理解了指挥官，赫尼族的发展铸就了文明，而文明养育了拥有如此技术的赫尼族。可如今，文明给予赫尼的保护伞却成了扼杀自己的利刃，同时也将成为赫尼自缢的绳索……

突如其来的刺耳警报打断了道格的思绪。"报告！检测到大量不明空中单位靠近，请求进行防御式扫射……"

第五章

"抱歉领航员阁下，由于该文明的战争科技与他们文明本身所处的阶段严重不符，系统进行的推断产生了严重偏差。"星火满怀歉意地向我解释着原因，"无人机阵列群因为系统的错误判断，并未开启更高程度的隐匿手段……"

"所以那也意味着'夜空'被发现了？"我扶着额头，无奈地问道。星火给出的答案令我稍稍松了口气："那倒不会，'夜空'可以说是人类文明最先进的星际飞船，其隐匿的技术就算没有全部开启，没有航天技术也几乎不可能探查到。"

"那报告中所记录的有部分观测台似乎发现了某些异常情况……"

"因此这也是该文明奇特的地方。常规科技距离原子时代还有点距离，没有航天技术，却能通过军用探测设备察觉到我们的存在。这就如同一个专门以战争为生的文明一般。"星火的声音逐渐低了下去，似乎是在进行自己的推测。

我再次点开了全息屏幕上的报告。

经系统全方位扫描，已证实该文明为与地球生命相似的碳基生命，其形态类似地球上的爬行类动物，却拥有远超它们的寿命和耐力。这意味着该物种生存能力极强，能在不进食不休眠的情况下全力工作数天，这也说明其文明发展速度应比人类文明快数倍。该文明的科技水平处于工业时代的末期，接近原子时代。据系统推算，若没有这场旷世大战，该文明应已发展至星际时代。

前文的叙述很常规，大都只是简要概括了该文明的特点，我粗略地阅读着，感到有些无趣。

值得注意的是，该文明的军事科技水平与其自身科技水平严重不符，就如同是将全部的精力与资源投入到军事科技的研发一般。但由于其理论科学没有进展，故该文明只能在原有的科技基础上不断加工，不断完善，这也是导致判断出错的主要原因。现已将系统出错的部分强制下线，进行修正与升级，望领航员谅解。

我关闭了报告，闭上了久久注视屏幕的眼睛，揉了揉太阳穴，深吸了一口气。文明，文明……这个词在脑海中不停地浮现，又好像有一个声音在不断重复着这个名词，一遍又一遍，越来越清晰……

"文明，文明，文明！一天到晚你就是在重复着这个词，你知不知道你已经待在你那个破科学院里多久没回过家了？"一个愤怒的女人大声嘶吼着，但仍能从她气愤的话语中听出来疲惫。

"抱歉，可这是我必须要做的事。"一个低沉的男声响起。相较于女声，他的声音平缓得多，"这关乎人类文明的未来，我身为有能力的人类，应当站出来做这件事……"

"又是文明！"女人近乎歇斯底里地叫喊着，"文明能有家人重要吗？你知道你这几周没回来，儿子天天吵着问爸爸为什么不回来了，你又要怎么跟你上小学的孩子解释？跟他说你为了人类还能再活几百年，几千年，几万年，放弃了与他的生活，丢下他不管？"

男人反驳道："我当然不想丢下他，我……"

视野渐渐有了光亮，但仍是一片模糊，如同梦醒时分的睡眼蒙眬，只能辨认出一位高大的男人和一名纤瘦的女子。"爸爸妈妈，你们在吵什么呢？"一个男孩的声音传来，"为什么爸爸好不容易回来一趟，你们还要吵架呢？还有什么人类……抛弃……啥的。"

听见男孩的声音，女人的脸朝男孩看了过去。她咳嗽了两声后，随即走了过去，弯下腰，低声温和地说道："没事，妈妈和爸爸在聊事情呢，你怎么醒了啊？"

男孩视野中出现了一双摊开的手，随即，无奈地说道："你们吵得那么大声，我不被吵醒才怪吧……"

女人牵起了男孩的手，走在他的前方，向漆黑的卧室走去。男人的脚步声也从后面走来，来到一旁。

"爸爸，你去哪了？之后还会像这次一样几周都不回家吗？"

"我……"男孩突如其来的询问令男人一时语塞。这时，女人转过头来说道："刚刚妈妈就是在批评爸爸哟。他之后还会不会这样，就要看他是否接受妈妈的批评了。"

"嗯嗯，老师说过呢，犯错误不可怕，做不到敢于接受批评改正错误才可怕。"男孩欢快的声音传来，视线也移到了身旁男人的脸上。身处黑暗之中，视线依旧无法看清男人和女人的脸。

男人与男孩对视了良久，似乎是在思考什么，然后弯下腰，说道："儿子，爸爸希望你记住。有时候明知道错误，却执意要做，那不一定是因为那个人调皮捣蛋不听话，也有可能是那个人肩负着重大的责任与使命，有自己的苦衷……"在男孩的注视与不解的语气中，女人将男人推搡出卧室，关上了房门。视野重新回归漆黑后，男孩那双刚刚被牵着的手在黑暗中摸索着，爬上了床。伴随着窗外皎洁的月光与树梢上轻快的鸟鸣，视野似乎关闭了……

恍惚间，男人的声音又一次响起。这一次，他低沉的声音中似乎夹杂着悲伤与无奈。"就像是一团燃烧着的火焰。对于这火焰来说，熄灭才是它要经历的最可怕的事。孩子，那个引燃人类文明之火的太阳，真的要熄灭了。人类的文明之火，会经历最可怕的事吗……"

"……阁下？领航员阁下，您还好吗？"星火的声音渐渐清晰了起来，将我从记忆中唤醒。

"呼……呼……"我喘着气，双手抱头，试图减轻刚刚发生的事给我脑海带来的痛苦。数不清的问题堆积在我的嘴边，想向星火询问，却因身体上的不适而无法提出。

"领航员阁下，系统发来了最新的报告。据系统扫描和计算得出，这场战争是由于该文明中两方不同势力的领导人意图扩大自己的势力和财富而挑起的争端，在双方互不相让的情况下，演变成了如今这样的局面。同时，系统也在请求您发出下一步指令。"星火空灵悦耳的声音在我耳边回荡着，休息了片刻，我的痛苦已经缓解了大半。是的，此刻还有更加重要的事要做。至于我的问题，等眼前的事结束再说吧……

"还有其他信息吗？"我晃了晃头，重新端坐在座椅上，开始翻看起了眼前屏幕上的报告。

"还有就是，当无人机阵列群在深入该文明内部时，也监测到多数个体都出现了厌战的情绪，奈何高层领导者们的不断施压，导致他们无法做出有效的抵抗，"星火顿了顿，深吸了一口气，继续道，"但值得您注意的是，其中一方势力有个体产生了有关文明存亡的概念。据推测，这是该个体将接纳的过多他人的厌战情绪，结合了自己所见所闻的事物，最终产生的意识。"

窗外，"荒星"依旧在自转，灰黄的大地与墨绿的海洋在我眼前交替闪过。无论是想要获取该星球上的资源，抑或是要和上面的文明共生，显然，让这场百年战争停下来才是关键。我一遍又一遍翻看着最新的报告，终于想到了一个残酷却有效的方式。

"无人机阵列群准备，摧毁该文明一切可用的战争科技，终止其战争进程。同时……"我深吸一口气，下定了决心，"扫描并清除该文明两方势力所有高层领导者，以最快速度终止这场战争！"这关系到一个文明的存亡，若是心慈手软则可能导致它的毁灭。

"收到！派遣战斗型无人机阵列群，启动最高程度隐匿技术，以最高效的手段达成目标！"随着星火指令的传达，大量的无人机从"夜空"中出动，犹如一团漆黑的乌云，笼罩在这颗星球之上……

第六章

　　道格坐在指挥室的木桌旁，正仔细端详着那块印有自己名字与全新职位的胸牌——总指挥官：道格·克里尔曼。回想起几天前指挥官的离职以及负责人的怒火，道格终于开始审视这场战争给文明，又给文明中每个个体，带来了什么。是胜利的喜悦？是荣耀的自豪？是财富的辉煌？是复仇的快感？不，只有一颗死气沉沉的星球和成千上万名赫尼族的悲剧。可事到如今，已经成为指挥官的他，又能做什么呢？无非是继续成为那些领导者的傀儡，成为执行战争命令的机器吧……

　　想到这，道格站起身，走出了指挥室。脚下的黄土厚实坚硬，漫天的黄沙遮蔽天日。熟悉的景象将道格的思绪拉回到几天前，他第一次对文明产生新的理解的那天……

　　站在观测平台上，道格的眼前除了浑浊的天空与飞舞的沙尘外什么都没有。"报告！不明飞行物已全部消失，初步判断应该是拦截攻击起效果了！"脚下的室内，侦察部的士兵向负责人汇报道。

　　如果没有这场战争，如今的天空会不会像他童年那般蔚蓝和澄澈呢？是否依旧会有飞鸟翱翔在朵朵柔绵的细云之间呢？想到这，道格决定返回室内，不想再看到这令人悲伤的景色。

　　关上平台的门，在负责人象征性的告别中，他离开了侦察区，一个人返回了大前线。随着向交火区靠近，一团团火球在天空中炸响，枪炮的突击声时不时传出。而这些，却如同曾经的鸟鸣与风声般被人们所忽视，依旧在执行着自己的任务。他早已没有了任何牵挂，这场战争不仅带走了他的童年，也带走了他唯一的亲人——他的父亲。两百年的时间眨眼间逝去，他对自己当初参军的意愿却仍记忆犹新，那时他沉溺于悲痛与仇恨中，只想为父亲报仇。但此刻，他很迷茫，因为他似乎从来没有想过，这场战争的出现本就是一场错误。无数赫尼族民众同他的遭遇一样，和他的反应相同——他们早已麻木了。

这场战争，已经悄无声息地改变了他的文明，潜移默化地影响着所有人，包括他自己……看着自己副指挥官的办公室，道格终于想通了。可事到如今，无论是自己的地位还是能力，都不足以改变这一切了……

"您好，道格·克里尔曼阁下，由于您的指挥官主动申请辞职，现将您的职位由副指挥官升至总指挥官。请尽快将您的物品移至总指挥室。"路上的通信员躲避着因炮火扬起的尘土，将升职的通知文件塞进了道格手中。纸张四周沾满了黄土与泥浆，还有些烧焦的痕迹。

火炮声此起彼伏，手雷的轰鸣有时从身后响起。道格快步走进了前线的堡垒中，接过了士兵递给他的望远镜，开始观察局势。

"敌人的进攻加强得很快，但这已经是最后一道防线了，再往后……对了，那个新研制的信号波源高射炮准备好了没？"道格端着望远镜的手放了下来，转头向一旁的士兵问道。

士兵挥了挥手，示意道格跟他走。于是二人沿着壕沟，穿过了一位位躺在担架上的伤员，经过一具具尸体的残骸，来到了另一个地堡中。

一把口径较小，却十分高大的炮台映入眼帘。信号波源高射炮，顾名思义，便是针对前方一片区域中信号波最强的地方进行毁灭性打击的炮台。这也是道格不惜退守最后防线，诱敌深入的原因。只要出动这个武器，敌人的强力武器库便能霎时间灰飞烟灭。

调整打击区域的士兵冲道格比了手势，示意武器已就绪。"三……二……一！发射！"随着道格下达的指令，一枚尖头的导弹冲出了炮口，向着敌方飞去。道格冲出地堡，在沟壑间躲避枪林弹雨的同时，手举望远镜观察导弹的动向。

看着无数的攻击拦截弹从敌军方向倾泻而出，道格的嘴角微微上扬。看来成功了！道格努力压制着自己激动的心情。终于，剧烈的爆炸声淹没了所有的枪声，产生的气流掀翻了包括道格在内的所有士兵。泥浆飞溅，尘土飞扬，道格张着嘴哈哈大笑起来。

"全军听令！冲锋！"冲锋号激发了每一名士兵的斗志，一个又一个士兵从战壕中跳出，向着敌军营地冲去。突然，又一声爆炸的轰鸣声传来，气流将刚刚冲出去的士兵尽数掀起，也使刚刚还沉浸在喜悦中的道格被掩埋在黄土中。

"呸！"就在道格爬起来，清理着脸上和嘴里的泥土时，眼前的场景令他的竖瞳放大了几分——眼前是一片范围巨大的弹坑，而那个存放着他们秘密武器的地堡，已经在爆炸声中成了弹坑中心处的废墟，若是自己刚刚留在里面，后果将不堪设想。

"这不可能……"由不得道格多加思考，大量的士兵向后方逃去，部队已然成为一盘散沙，溃不成军。原本枪炮的轰鸣与突击在这一刻消失殆尽，世界仿佛只剩下黄沙与微风摩擦的声音……

在返回侦察区的路上，联想起之前侦察部报告在大气之上所看见的东西，以及之前大量的不明飞行物，道格不禁打了个冷战。难道……

第七章

"领航员阁下，您真的认为这么做不会让这个文明在恐惧中走向毁灭？"就在我下达一则指令之后，星火忍不住提出了怀疑。

"让无人机在离开大气层，返回'夜空'的那一刻解除隐匿状态，这样'夜空'也有概率直接暴露在它们的眼中……"我点了点头，打断了星火，向她示意我很确定自己在做什么。

确实，我的想法中有赌的成分。我在赌这个文明的厌战情绪能使它们在失去发动战争的能力后幡然醒悟，而不是全线崩溃。如果是前者，那么让这个文明意识到我们的存在，才能更方便地与它们沟通。作为一个旁观者目睹着它们因自己内部争斗而覆灭，这不是我能接受的事。至于是选择共生还是收割，这个问题的答案早在我出手干预这场战争时就已经决定好了……

"报……告……"看着侦察区的士兵如此紧张与震惊，道格便知道自己的猜想被证实了。透过观测平台，虽然他早有准备，但当他见到成群的如展翅雄鹰般大小的飞行器飞向大气之上，如同一只咆哮着的黑色巨兽消失在天空中时，脑海里依然变成了一片空白。

毁掉了两方势力的武器，它们是想向我们示威？还是单纯像玩弄一只蝼蚁般戏耍我们而已？道格摸了摸额头，手被汗水给浸湿了。

"报告，总指挥官！"就在道格颤颤巍巍地走下楼梯，试图让自己清醒过来的同时，另一个消息如同炸雷一般在他的脑海中炸开，把他本就混乱一片的思绪搅得更乱。

"据我们安插在敌方内部的密探以及后方传来的电报所述，敌我两方的高层领导者已经……已经……"通信员原本深吸了一口气，似乎是想一口气直接说完，但在他说到最后几个字的时候却再也坚持不住，坐在地上因恐惧而大哭了起来。

"都死了……都死了！"

在道格愤怒的逼问下，通信员终于说出了结果。一时间，整个侦察室的工作员，整个前线的所有士兵，乃至这个星球上的所有文明个体，都被这个外来的，更高层的文明震慑到了。整个世界就如同一条瘫痪的列车一般，全然静止了下来，只有恒星的光芒依旧在升起与落下，只有漫天黄沙在空中飞扬。

然而这时，在所有民众都深陷于外来者的恐惧之中时，道格的脑海却从先前的震撼中恢复了过来，而且比以往更加清晰。如果它们是想对我们实行威慑，完全可以随意地杀死后方的民众，毁坏后方的那些建筑。而如今，它们却只是让我们的战争系统瘫痪，杀死决定发起战争的高层领导者。当然，并不能完全排除它们是在戏耍我们的可能性。如果是真的，那就说明……想到这，不同于其他人眼中的恐惧与绝望，道格的竖瞳中第一次闪烁着光芒，或许是对未来的憧憬，抑或是对希望降临的感动。

"听着，各位！大家不需要惊慌，请各位保持镇定！作为一名上阵杀敌的军人，作为一个身处战争百年之久的赫尼族人，我们是不是应该更加勇猛无畏？一个外来者就把我们吓破了胆，那我们经历的这两百年的斗争对我们来说又是什么呢？"道格激情的呐喊与他总指挥官的身份很快使侦察室的士兵振作了几分。借此，他便将自己的推论公之于众。

"我同意！各位，这是我们的一次契机。我们每个人都在等待着这么一天——没有战争，没有死亡，只有和平与生机。我们所有人都知道，每时每刻除了监视侦察以外不做任何事是多么痛苦，我们也明白失去挚爱，失去亲人，失去朋友，看着生命在我们面前渐渐凋零的感觉有多么悲伤。"一个声音附和着，基于道格的推论开始做起了慷慨激昂的演讲。道格回过头，声音的主人令他吃了一惊，却在他意料之中，"现在，这个重振文明，找回两百年前我们童年的机会就要来了，哪怕最后这个外来者的目的是消灭我们，哪怕最后我们死在了重建家园的路途中，我们也决不退缩！因为……"

"因为，这是我们两百年来透过外面的漫天黄沙所能看见的，最远最亮的一次！"道格补充道。目光与声音的主人——侦察室的负责人对上，他们都看见了彼此眼眸中对未来，对希望的畅想和坚定的信念。

伴随着二人的话语，无数赫尼族眼中的希望被点燃了。是啊！这一次，是他们，是文明，离重获蔚蓝天空和澄澈海洋的未来最近、最清晰的一次。

这个被战争囚禁了两百年的文明，随着这个天外文明的到来，终于挣脱了枷锁，开始咆哮。就如同那快要熄灭的星火，被重新加入了火绒，开始熊熊燃烧……

第八章

"您确定吗，领航员阁下……"看着我果断向着执行共生的按钮按去，星火再次忍不住提醒道，"如果要和该文明执行共生，那 3902e3j2 恒星我们也将无法收割，我们的超重元素储备……"我没有犹豫，按下了共生的按钮。

"星火，你可知晓何为星火？"听见她疑问的语气，我缓步走到了窗前，走向那颗依旧是灰黄与墨绿交替，如同炼狱般荒凉，却由内向外散发出希望光辉的"荒星"，"星火，即是星星之火。星火是脆弱的，一阵微风便能使其熄灭，留下一片余烬；星火又是坚韧的，一团火绒便能使其复燃，拥有焚天之势。"

"文明亦是如此，一条条鲜活的，充满生机的生命不该被转换成冰冷的超重元素，不是吗……你也看到他们的决心了，面对未知的高级文明，却仍将其视作重振文明的希望；虽面露恐惧之色，却仍心怀希望。这些不都是超重元素所表现不了的吗？"我抬起左手，抚摸着玻璃上正在自转的"荒星"，语气透露出对生命，对文明的赞叹与敬畏。

星火沉默了片刻，用我苏醒后所听到过的她最小的声音说出了令我瞬间回头的话："但若是一团火焰的熄灭，能换来另一团火焰，甚至是整片火场的复燃，您又该如何选择？是牺牲掉火场助它复燃，还是将它熄灭后残余的火绒供给其他的火焰？"

"你什么意思？"我猛然转过头，双眼的瞳孔中倒映出那台星火用于发声的音响。"为什么……你还知道什么？"我急切地询问着，想得到更多问题的答案。

"抱歉，领航员阁下，是我语音系统出问题了。立即派遣采集建造型无人机与通信无人机，与'荒星'上的文明——赫尼族，正式执行共生协议！"星火刚刚的话语在我耳边不断回荡着，令我头晕目眩。"牺牲，牺牲……"一阵又一阵的声音从我耳边掠过，宛如海滩边上的浪潮，一阵阵冲刷过我的耳蜗旁，拍打在我的脑海中……

"……牺牲掉大部分人，保全少数人，这样做是有悖于人道的。"视野一片黑暗，一个洪亮的声音似乎是在批判着什么，"委员会的其他人念在你发现人类即将面对的危机，允许你担任地球防御计划的负责人已经是对你最大的赞许。而现在你却想放弃地球，放弃大多数生命，选择让少数人逃离？"声音因愤怒而有些发抖，似乎是某个人的言论引起了他强烈的不满。

黑暗中出现了一道竖缝，这是视野中唯一的一道光亮。一个男人此时正站立在一张圆桌前，低头翻阅着他面前的那一堆文件。突然，他抽出了文件中的一张，抬起头大声辩解道："这场人类的危机并不是能从外部防御的！暗物质的密度逐渐增大，会使原子之间的距离也越拉越大。最后，地球上的一切都会由内向外被分解，而不是……"

"够了！先生，我以国际科学委员会会长的身份正式对你发出警告。若是你再敢提出有关于你那个违背道德的计划方案，我们有权取消你的一切权利与职务并将你就地正法！"洪亮的声音从男人的身边传来，打断了他的解释与说明。

男人看着自己手中的文件，原本握紧的拳头此时却放松了几分，貌似是下定了某种决心。男人重新抬起头，眼中比上一次多了一分坚决与无畏，开口道："我……"

"父亲！为什么？你难道因为这些毫无意义的一场场会议和一次次研究而抛弃了你的家，抛弃了你的儿子吗？"伴随着一个少年愤怒的呐喊声，视野中的光缝如同门缝般突然被打开了，光亮顿时充满了整个视线。一个又一个身着白色大褂的人围坐在巨大的铺满文件资料的圆桌前，而站立的男人所看向的，正是其中座椅最高大的那一位。

"你知不知道你已经多久没回过家，没见过妈妈和我了？这一切都是因为你决定要加入这个什么委员会才造成的！你选择了承担文明的大事，你觉得你对得起人类文明，但你对得起我和妈妈吗？回答我！"少年歇斯底里地喊道。

与男孩视线对上的那一刻，男人眼中原本的坚定突然消失了，取而代之的是震惊，欣喜，愧疚……

"这个孩子是怎么进来的？快带走！"在人们充满惊讶与疑惑的眼神注视下，自称会长的人从他高大的座椅上站了起来，向一旁的安保人员命令道。

终于，一名保安拦在了男孩前面，拉起了旁边的一只手，向着身后走去。尽管视线下男孩的身体在不断地摇晃，试图挣脱安保人员的拖拽，但他依旧被驱逐出了会场。

在眼前重新变得黑暗前，洪亮的声音从身后传来："我们说回刚刚的事，先生你刚刚想说什么？"

"没……没事，我只是想说，我会完成我的任务。"男人的声音没有了刚刚的坚定，似乎是因为他的心中有了另一个不同的选择。

恍惚间，男子愧疚的声音响起。不，不仅仅是愧疚，悲痛，无奈，忧伤，以及一丝丝的欣慰与感动，复杂的情绪掺杂在一句短短的话语中："孩子，对不起。太阳马上就要熄灭了，爸爸可能要去做人类的太阳了，不能陪在你的身边了……"

我缓缓睁开眼，努力回想起昏迷前的记忆。我坐了起来，发现自己正躺在一张柔软的床上。四周似乎是一个房间，贴满了夜空的壁纸。床垫很柔软，印着一张宇宙中璀璨星河的画卷。

我摸了摸枕头，发现它早已不知被什么浸湿了。直到我擦拭着双眼，才意识到不知何时，泪水已顺着我的眼角缓缓流下。

我强装镇定，下了床，走出了这间温馨的卧室，穿过一条条明亮却单调的通道。这是我苏醒后第一次，离开了'夜空'的大厅，来到了它真正意义上的船舱之中。穿梭在曲折的通道中，四周只有冰冷的钢制管道与墙壁，我开始思索起脑海中响起的那些话语。这些记忆似乎都出自一个人的视角，但到目前为止，我依旧不知道这个视角属于谁，又发生了怎样的事。据星火所述，收集超重元素仅仅是因为人类的资源需要。而记忆中的那名男子，以及那个所谓的国际科学委员会，却说人类文明将要被毁灭……

我的思路在我抵达大厅抬起头的那一刻被打断了。远远看去，高大的落地窗外，是一个被霓虹灯所包裹着的，机械与灯光为主体的星球。一台台小型飞行器环绕星球飞行着，一幢幢银灰色的高楼伴随着窗户中五光十色的灯从地面拔地而起。这个星球就如同一颗包裹着外壳的刺球，与背景中星空的自然绚丽格格不入。

"领航员阁下，您刚刚突然在大厅昏迷，我已经委托'夜空'上的服务型机械将您带到了您的卧室休息，并让系统对您的身体进行了扫描。所幸并无大碍，只是您前段时间过度劳累了，而且被脑海中的……"说到这，星火停了下来，似乎是意识到自己说了什么不该说的话。在察觉到我的目光只是盯着窗外那颗全新的星球时，她微微松了口气。

"这是我们抵达的第二个行星——DF47293 行星，位于恒星 4038e5j1 与 4039e5j1 双星系统星系的第五颗行星，又名'极乐之巅'……"

"极乐"吗？听闻星火的介绍后，我不禁有些疑惑与期待，看上去如此先进的文明，又有着怎样的历史与命运呢……

第九章

"这里是警戒室，今日两次侦测已全部完成，无异常情况，你们可以继续开你们的派对了……"梅洛关闭了全息投影仪，伸了个大大的懒腰便向椅背靠去，准备闭目养神一会。毕竟，他没法像那群安保员一样跑到食堂去娱乐游戏，只能靠睡觉打发时间。

作为这个星球上的警戒员，梅洛·蒂尔斯的日常任务无非就是每天进行两次对星系内的探测，以确保没有外来文明入侵。然而，接受这份工作后的十几年间，没有任何的敌袭记录。因此，他便在这个岗位上无所事事，就这么混了十几年的时间。

似乎从他出生起，这个星球上的人的生活不是花天酒地就是纸醉金迷，没有任何的追求。但不知为何，身处这样的世界，他却不想沉醉于灯红酒绿之中。于是他当上了一名警戒员，试图通过这种方式来保卫自己的文明，保护自己的世界。

而现在，看着曾经与他一同怀抱一腔热血的安保队成员也被娱乐与放纵所吞噬，梅洛儿时的心愿也早已被闪烁着的霓虹灯与热辣的舞曲冲刷殆尽，只留下了一具没有灵魂的躯体，终日困在这狭小的警戒室中，吃饱了睡，睡醒了吃。

当然，他有时也会动动脑子，思考为什么他所在的缪斯文明能在拥有如此强大的科技下，选择成为娱乐的奴隶。但很快，无聊的困倦感与自暴自弃的情绪促使他不再细想，于是这个问题对他来说变成了无解的谜面。

"警报！警报！发现不明飞行物正向大气层靠近，请求派遣安保星舰前去拦截！警报……"生命中第一次听见的警报声令靠着椅背已经睡着的梅洛瞬间惊醒，一个趔趄摔倒在地上。

爬起来后，梅洛手忙脚乱地开启了全息投影。

"有什么东西就要进入大气层了，你们的派对先暂停一下，赶紧去看看！"在众人的抱怨与不满声中，梅洛坐回了座位，开始监视其近地轨道以及安保队员准备起飞的星舰。

缪斯文明个体的寿命通常只有五十多岁，而如今的梅洛已经三十了，可以说他已经步入老年阶段。三十多年的生命中，梅洛从来没像现在这样，激动，紧张，同时夹杂着一丝兴奋。他感觉到，心中一样早已黯淡的东西，在此时，随着星舰的发射器一起被点燃了……

"哎，老梅，你真的确定不是这个警报太久没用，出问题了吗？"随着一艘艘星际侦察舰发射升空，安保队长利用他星际护卫舰内的通信系统与梅洛取得了联系。

"这个玩意可是在城主的娱乐政策发布之前就下令修建的，论技术，比你都智能；论材质，比我都耐用。要是哪天它能——二四七号星舰偏离目标地点，请调整至三点钟方向——能出问题，我们这些警戒员和安保队员就全下岗算了。"梅洛一边密切关注着星舰的航行方位，一边与安保队长拌着嘴。

"下岗好啊，到时候就和那帮普通的混子一样，一天天在大街上喝酒唱歌，隔三岔五还能参加一下城主举办的节日宴会，多好啊……前方发现目标飞行物！"安保队长的幻想随着他话音的落下以及出现在他视野中的巨物而破灭。

梅洛此时也侦测到了，那是一艘庞大的星际驱逐舰，似乎配备了极度高等的武器设施。来自更高等的文明……梅洛目光呆滞，看着屏幕上的庞然大物，咽了下口水。

"听着，别主动发起进攻，这个驱逐舰是高等……"

"所有安保员注意，驾驶你们的星舰给这个大家伙点颜色看看！"梅洛的提醒还未说完，安保队长便下达了攻击的指令。

刹那间，星舰开始环绕着驱逐舰飞行，枪林弹雨向着驱逐舰的各个部位倾泻而出，火光四射。然而，令安保队长没想到的是，一层无形的量子防御系统抵挡住了所有将要轰击至驱逐舰上的炮弹。

随即，驱逐舰前方的一个枪口处传来一丝光亮。在梅洛，安保队长以及全体安保员的注视下，枪口处的光变得明亮且炽热，就如同一颗正在凝聚的火球一般。

"危险！快开启防……"刺眼的激光如同手持镰刀的死神，从枪口处迸发，向驱逐舰的四周扫射过去。爆炸的轰鸣声与火光在大气层上方的不远处此起彼伏，每一声炸响都意味着星舰中的生命走到了尽头。可即便如此，火光依然被绚烂的霓虹所遮蔽，轰鸣依旧被震荡的歌曲所掩盖，地面就如同无事发生一样，继续纵情享乐。

渐渐地，枪口处的红光逐渐黯淡下去，热量也消散在了宇宙的真空之中。而此时，周围除了安保队长还算完整的星际护卫舰之外，其余的侦察舰队已经化为了碎片。由于护卫舰本身配有坚硬的合金制外壳以及能量型护罩，才使其免于被激光当场蒸发。

"回来！别去……"

"你……你还我同胞的命！"看着自己昔日的下属与战友被外来的文明这么轻易地杀死，安保队长的眼眸早已被愤怒填满。不顾梅洛的阻拦，他将自己飞船上全部的火力一股脑地向驱逐舰砸去……

第十章

我揉着太阳穴，眼中尽是对该文明防御系统的无奈与惋惜。"不必自责，领航员阁下。我们并未主动攻击对方，况且若是不将它们解决，扫描任务会难以进行的……嗯？还有一艘战舰幸存了下来？"星火的话引起了我的注意。我抬起头，看着仍然在向"夜空"驱逐舰倾泻火力的战舰，心中不免泛起一阵同情与怜悯。

"领航员阁下，是否发动正反物质湮灭导弹，将其抹除？"正反物质湮灭，便是利用正反物质碰撞湮灭所爆发出的伽马射线暴来达到毁灭的目的。同时，为了防止伽马射线辐射范围过大，在正反物质碰撞的时刻控制其内部温度无限趋近于绝对零度，以达到降低电子能级跃迁的目的，尽可能减小其辐射范围，而将能量聚于一点，发动毁灭性打击。

目前，该武器是"夜空"所配备的最强大的能量攻击手段，用这种方式给予这位抗争到最后一刻的防御人员最后一击，也算是一种荣誉与敬意吧……

强烈的白光通过落地窗，在大厅中闪耀，我捂住了眼睛，等待着关于这个文明的报告。"该行星位于双星系统的第五位，故此行星围绕恒星公转一圈的周期大约为532个地球日。同时，该文明个体的生命结构依旧为碳基生命，且与人类相貌有着惊人的相似度。有必要提一句，利用驱逐舰吸引文明中护卫人员的注意，后派遣无人机阵列群进入该行星进行扫描，是对待较高等文明的有效手段。但据系统的分析与推算，该文明虽已发展至星际文明阶段，但其星际航行工具仅被用于防御外来侵略，并已十数年未生产过全新的星舰了。初步判断，该文明已重度瘫痪，由领导者至普通民众，皆以娱乐为生活，生产、采集、建造等活动已全部停止。致使该文明呈现出如此现象的原因，目前尚未知晓，初步推测是由于该文明观测到了危机，展现出过于消极的态度，才有了如今的局面。"

"危机？"联想起不久前昏迷时出现的画面，以及星火过去的一系列反常行为，一种不好的猜测在我的脑海中浮现……

"领航员阁下，根据无人机传回的数据显示，该文明个体中仅有一人呈现出与其他个体不同的、反对娱乐化的态度。该个体为文明的警戒员，在目睹了防护人员被我们全部歼灭后，才有了这样意外的转变。"如果这个个体能使其所在的文明转变态度，如"荒星"文明一样，那我依然可以选择共生。不过在这之前，我需要搞清楚所有事！看着窗户玻璃上倒映出的自己，我的眼中闪过了一丝坚决。

梅洛跌跌撞撞地冲向了城主的城堡。如果没猜错的话，现在城堡里应该正在开设节日宴会，所有民众都能无条件进入，正是好机会！看着周围的人依旧在灯红酒绿中把酒言欢，丝毫没有受到刚才那阵耀眼白光的影响，梅洛终于再一次对这样娱乐的氛围产生了强烈的憎恶。

冲进被劲爆音乐、浓郁酒气以及晃眼灯光包围着的城堡，穿过一个又一个激情热舞的民众，跨过满地烂醉如泥的醉汉，梅洛登上了抵达城主娱乐室的悬浮飞行器。在打开娱乐室大门的那一刻，梅洛便看到了坐在最里侧高大座椅上正胡吃海喝的城主，于是大声呼喊道："城主大人！有外来的高等……"可无论他发出多大的叫喊声，甚至是将自己的喉咙喊到沙哑，音乐声总能盖过他的叫喊声，面前摩肩接踵的舞蹈、狂欢的人群总能遮挡住城主望过来的视线。

终于，他受不了了，抓起刚刚将自己送达的飞行器，重重地砸在了一旁的电源闸门上。"唰——"在众人吃惊且疑惑的目光中，整个城堡都安静了下来，黑暗代替了耀眼的彩灯，笼罩了整座城堡。

梅洛穿过拥挤的人群，来到了城主的座椅旁，急切地说道："城主大人，大气之上有更高等的文明企图侵入，负责的安保全体成员已经……"

城主不紧不慢地停下了咀嚼的嘴，一个巴掌扇到了梅洛的脸上，使他向后跌去。身后的民众看到他向后倒来，脸上无不露出厌恶的表情："就是他打断了我们娱乐的兴致？知不知道这样做罪该万死啊！"

"娱乐卫士呢？快把他带下去啊！"

"我记得干扰他人娱乐是要判处死刑的吧……"

梅洛捂着脸，从地上艰难地爬起，却刚好听到城主不屑的话语："警戒员梅洛·蒂尔斯对吧？你一生勤勤恳恳，在没有办法娱乐的警戒室里待了十几年，第一次看到如此快乐的场景，心生怨气也是能理解的。这次的责任我不追究，下去吧！"城主轻蔑的语气，随意挥动的手以及从未正视过他的视线，都令梅洛怒火中烧。

"可是这个外来的高等文明已经在屠杀我们的同胞了，你哪里来的勇气坐在这里继续举办你的节日宴会？"梅洛愤怒地冲城主喊道。

城主擦了擦手，慢慢悠悠地将桌上的食物推到了一边，勾了勾手指，示意梅洛凑上前去："那你可知我实行娱乐政策的原因？"见梅洛摇了摇头，城主便示意他的耳朵凑过来，低声说了什么。

"什么？那既然如此，现在有更高等的文明，我们可以向他们求助啊。说不定，说不定我们能找到解决这场危机的办法……"城主笑了笑，重新靠在了椅背上，将食物抓了回来。

"蒂尔斯先生，您要知道，正是因为这场灾难没有解决的手段，这场娱乐才能如此令人放松，令早已身心俱疲的我们有了难得的狂欢机会。来人，将警戒员梅洛拉下去！"看着众人幸灾乐祸的眼神，卫兵强硬拉扯的暴行以及梅洛挣扎的身体，城主笑着向卫兵补充了一句，"我们亲爱的蒂尔斯先生知晓了一些不该知道的东西，为了确保民众们能全身心投入娱乐，还要劳烦你们封住他的嘴……"

城堡的灯光重新亮起，歌曲响彻每一个角落，似乎一切都没有发生……

第十一章

看着眼前共生与收割的选项，我迟迟无法做出结论。共生？这个文明将自己最后醒悟的希望扼杀，已经如同行尸走肉一般。这样的文明，完全不值得花如此大量的资源选择共生。收割？我做不到，不是技术上，而是心理上。如此轻易地决定一团文明之火的熄灭或是燃烧，我又有什么资格呢……

"领航员阁下……"看着犹豫不决的我，星火有点看不下去了。共生？收割？两个词就如同两团风暴，在我的脑海中对撞着，激起海中一层又一层的浪涛。我捂着头，闭上了眼睛，原本伸出的手再次收回，搭在座椅的扶手旁。"我决定不了，我决定不了……"我早已被折磨得神志不清，口中不断重复着这段话。就在这时，似乎是被两团风暴所唤醒，无尽的思绪与记忆在脑海中浮现……

视线中出现一个男人，稀疏的黑发中夹杂着丝丝银发，疲惫的双眼中却饱含着不舍与愧疚，浓重的黑眼圈配上沧桑的面庞，不难看出他已经劳累很久了。他和视线的主人距离并不远，恰好能看清他操劳的面容；距离也不算很近，他摆出拥抱姿势的双手并不能够到视线的主人。"儿子……"男人低沉的声音响起，尽管他努力装出轻松的样子，但他疲惫的语气终于还是出卖了他。

看见男人露出疲惫的笑容，一个年轻的声音响起："你回来干什么？"声音乍一听十分冰冷，却蕴藏着无尽的怨恨与思念。

"爸爸是来告别的。抱歉，儿子，爸爸犯了错误，可能以后就再也见不到你了。爸爸曾经说过，有些人明知是错误却执意要犯，是这个人可能有着自己的使命要完成……请原谅我，儿子……"大颗大颗的眼泪从眼角滑落，抽噎声使男人说话变得吃力起来。

"您好，先生。"两名身着警服的持枪警卫来到了男人两侧，"时间到了，跟我们走吧。"两人丝毫没被男人的抽泣声所影响，以冰冷的语气说道。

"好，好的……"就在男人渐渐放下了拥抱姿势的双手时，视线迅速向前移动，扑进了男人的怀里，与男人相拥在了一起。

"爸……我真的，很想你，你到底去哪了……"父子二人紧紧拥抱着，抽泣声逐渐变成了哭泣。

"抱歉，儿子，是爸爸错了。一定要记得，爸爸永远都是你一个人的太阳……"男人推开了他，满是泪痕的脸露出了欣慰的笑容，"而你，我的儿子，你才是人类应对危机的最后手段，你才是人类的太阳……"在男人不舍的话语中，视线逐渐变得模糊，男人的脸也逐渐模糊了起来。

"原谅我，儿子……"

"爸！"我从座椅上弹起，下意识地喊道。时不时发出的抽泣声，以及眼中湿润的感觉都在提示着我，刚刚发生的一切都是真实的。

"领航员阁下……"

"星火！告诉我真相，'危机'到底是指什么？为什么这艘货运型飞船会被称作'方舟'？我到底是谁，又为什么成为领航员？你到底是不是真正的人工智能？"这一次，我并没有被烦躁冲昏头脑，反而异常的冷静，将现有的问题提了出来，等待着星火的反应。

曾经有问必答的星火，这一次却迟疑了。半晌过后，她终于开口道："看来您已经准备好了，领航员阁下。现在，便是您知晓一切真相的时刻……"

"公元万年左右，在人类还在为研究出超光速的科技而欣喜时，你的父亲发现了宇宙膨胀即将带来的危害。他发现，随着宇宙空间的不断增大，暗物质将逐渐填充宇宙空白的空间。随着暗物质的密度越来越大，物体与物体间的距离也会渐渐增大，包括太阳与地球在内的所有天体都将面临从内部被撕裂的危机。这也就是你父亲所说的'太阳熄灭'。"

"你的父亲选择将此事告知地球领导人，于是，高层们以及科学家想出了一个方式——收集超重元素，利用其强大的稳定性保障地球不受到外界对其造成的撕裂。"

星火叹了口气，继续道："其实一开始我所说的收集超重元素的任务并没有欺骗您，因为这些任务皆存在过，是那时候的任务。除这架星舰外，还有 307 艘同样的星舰，执行着同样的任务，也都有专属的领航员与人工智能辅航员。因此到我这里便是辅航员 308 型。由于这个危机是你父亲发现的，故这个计划的实行也顺理成章地落到了你父亲的肩上。"

"但经过你父亲没日没夜地研究，也就是在你儿时父亲长时间不归家的那段时间里，他推测出原子与原子也将逐步产生分离，换句话说，地球，包括地球上的千千万万生灵与物体，都将从内部被撕裂。"

"因此你父亲想到了一个当时看起来有悖于道德伦理的方式——保全

少数人，使少数人离开地球，在宇宙中收集超重元素。通过这些超重元素，在保障飞船不会被外界撕裂的情况下，到宇宙膨胀的起点——宇宙中心。利用飞船上充足的超重元素储备与中心的暗物质发生反应，使正反物质相互中和。宇宙真空的温度以及飞船的技术将会尽可能使中和内部的温度降至绝对零度，从而尽可能减小电子能级跃迁所引发的伽马射线的辐射能量。"

"不过由于这个计划希望渺茫，且需要放弃大多数人，故遭到了高层的反对。但你父亲知道，按照开始的方案，人类文明存活的希望将一点都没有。因此，你父亲借用职务之便，私底下将第一方案中的最后一艘星舰，也就是现在的'夜空'，改建成了如今的'方舟'，让你作为领航员，作为'方舟'上唯一的肉体生命，消除记忆，冷冻起来，同时将所有关于人类文明的数据运上'方舟'。"

"之后，你父亲的计划败露了，他也因此被终身监禁，在牢狱中孤独终老。不过很快，由于信息的泄露，地球上的人类发起了叛乱与起义。一时间，地球变成了人间炼狱。最终，高层知晓了地球将不会存在太久，便遵从了你父亲所计划的第二方案，使方舟脱离地球。"到这里，星火的语气不自觉地流露出悲痛与哀伤。我此时却早已愣在原地，一切的真相就宛如一摊冷水泼在了一个睡梦中的人脸上，令其清醒过来的同时却仍旧一脸茫然。

"'方舟'离开地球后做的第一件事，便是根据设定的程序将地球'收割'。而我，确实不是人工智能，而是……"见星火沉默，我说出了我的推测："你是我父亲植入'方舟'的一位人的意识体，对吗？"在我说出了最后的真相的同时，我按下了"收割"的按钮。

"领航员阁下……"

"虽然我没有资格决定文明的生死，虽然这么做一定是错误的，但正如我父亲所说，我是人类的太阳，我身上肩负着传递人类文明的重要使命。我要对我的使命，对这团人类文明的火焰负责！"注视着一艘艘建

造型与采掘型的无人机飞向那颗早已如同行尸走肉般的星球，我坚定地
说道。

无人机阵列群已就绪……

恒星能源采集板材料已准备完毕……

已切换至恒星能源收集模式……

我和星火都沉默了，空旷的大厅中只剩下冰冷的机械音，以及我淡
淡的呼吸声……

有时候，一团即将燃烧殆尽的火苗，就算是给予它火绒，也难以复
燃成炬。但若是将它扑灭，利用它余烬中的残渣撒向四周的火场，便能
让整个火场熊熊燃烧。至于这株熄灭的火苗，则会成为火场里的一部分，
不是吗？

第十二章

时间对于常人来说难以理解，哪怕到了如今人类文明的水平，也依
旧难以解释为何有时过得十分漫长，有时时间却又转瞬即逝。一个又一
个与人类文明签订共生协议的文明诞生，也有一个又一个天体在我的选
择中被收割殆尽……

"尊敬的领航员阁下，我们即将接近宇宙中心。此刻或许将是我们旅
途最后的终点，也有可能只是人类文明一段小小的插曲。这一切都取决
于您的决策，以及人类文明的命运……"随着混沌的光影如同扭曲的巨
兽般从窗外向后方闪去，我的心也似乎要同那些星云一起飘飞出去。我
强装镇定地站立在窗前，背在身后的双手手心却早已浸满了汗水。

抵达宇宙中心的时间比我预想得要快，正因如此我的心也逐渐紧张，
开始胡思乱想。收割了如此多的天体，如果超重元素不够用该怎么办

呢……

星火似乎觉察到了我的异样，安慰道："领航员阁下，请别紧张。"没有了人工智能这一标签的束缚，她的语气和语调都不再像从前那样平淡了，"除了我，'夜空'号方舟上一切有关人类文明的痕迹都将与您同在。这是我们人类文明最后的机会，也是您父亲他……最希望见证的事……"

"嗯，无论如何，这都是我们的文明，这片夜空，最后的机会了！"我回应道，原先的紧张消失了，取而代之的是坚定不移的信念，对人类文明的信心和归属感，以及对父亲的骄傲和思念。

"警告！'夜空'正在向宇宙中心全力加速！"往常听起来如此冰冷的机械音此刻却如同一把火炬，点燃了我的内心。

"全力加速！释放'夜空'储备的所有超重元素，同时派遣'夜空'所有驱逐舰及四艘护卫舰，发动正反物质湮灭导弹！"湮灭导弹中接近绝对零度的温度将是最好的降温手段。

就在此时，'夜空'的警报却突然响起："警报，'夜空'超重元素最低限度不足，有被撕裂的风险！"

我咬了咬牙，开始在心中默默祈祷。防止超重元素不够，释放全部的超重元素便是我下的最大的赌注。

"嘶——"有什么声音从墙壁中传来，似乎是飞船被渐渐撕裂的声音。强忍着引力拉扯带来的痛苦以及飞船内部传来的骇人的撕裂声，前所未有的绝望感席卷全身。

难道，就要失败了吗……还是没法延续人类文明啊……

就在我感受着内心中无尽的无奈、遗憾与对父亲的思念、歉意时，墙壁传来的声音以及肉体上忍受的撕裂感逐渐消失了。因撕扯而产生裂痕的落地窗外，一艘又一艘星舰从前方飞过。

"尊敬的领航员阁下！大量不同文明的星舰正自发地向'夜空'输送着超重元素！它们，它们都是那些您选择了共生的文明！"星火激动的声音响起。

　　我望着窗外，望着一架架星舰掠过'夜空'，向着前方带头冲去，眼中逐渐湿润了，泪水顺着眼角缓缓流下。绝望感不见了，取而代之的是希望，来自每个文明的希望……

　　一个男人拉着一个孩童的手，漫步在夜幕下的湖泊旁。这时，孩童突然指着湖泊，大声喊道："爸爸快看，这湖水好美啊！"

　　男人转过头，弯下腰将孩童抱起，抬起头指着天空说道："美的可不是湖水哦，湖泊只是起到了反射的作用，真正美的其实是我们头顶上的这片夜空啊！"

　　"那爸爸，夜空是什么啊？"

　　夜空是什么啊？夜空，就是一副漆黑的画卷洒上了点点色彩，是一卷漆黑的荧幕闪烁着点点亮光。夜空，也可以是一个黑暗的宇宙中闪耀着的点点繁星，也可以是绝望的灾难中燃起的那一团团充满希望的文明之火……

光

王博林

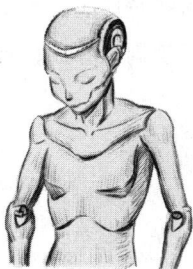

数千年的人类文明，在宇宙中是渺小的。人类必须时刻保持忧患意识，不管是谁带来的威胁，因为这与每个人息息相关……

不管是病毒的肆虐、文明的退化，还是外部敌人的入侵，这些事件时刻在提醒人类，不要沉迷于舒适的环境，要提前做好可能来到地球的宇宙级灾难！

写在前面的话

坐标年：3046N

就在六岁那年，凌志阳还不懂得什么是灾难，以及灾难来临的后果，只知道生活有多美好。

他总爱将大人的白大褂披在身上，就像一名真正的科学家那样，感觉很是威风。他有着浓浓的弯眉，一双水汪汪的大眼睛中饱含对未来的期待。他总喜欢挠挠头发，入神地想着问题。

他热爱每一个早晨，每一个中午，每一个夜晚。

他尤其喜欢薄雾轻绕的清晨，陶醉于海岸线处冉冉升起的一轮红日，它将白云绘成一团又一团燃烧的火焰，将海浪渲染成一片又一片翻滚的红花，将静静的早晨的时光悄悄铺上了一层深红色的美好……

他还喜欢在热浪翻滚的中午，品味此起彼伏的蝉鸣，听它们把充满生命力的爱的歌声分享给广阔的蓝天。

他常常在蛙声震天的月夜登上家门前的最高峰，眺望万里璀璨的星辰。云霄铺洒下来的皎洁月光，是它们给人们织的梦，一个又一个彩色的梦……

前　奏

3046 年 4 月 24 日的这一天，凌志阳的父亲，国际研究学者，凌睦和，去执行 1004 号国际机密任务。凌志阳趁机偷偷跑进父亲的实验室，不曾想到，一个晶莹剔透的水晶桥横跨在办公桌上，水晶桥上的一颗水晶石迸发骇人的声响，"嘀、嘀、嘀、嘀……"寂静的房间里只有这一种声响，与平常相比，未免有些不协调。

凌志阳见水晶桥上的水晶石闪烁着幽幽紫光，特别神奇，仿佛有种神秘的力量正吸引着他。凑近一看，水晶石上还雕刻着一串数字，这串数字还在不断变换着，"3418230628，3418230627，3418630626，3418230625，3418230624……"

水晶石上后排的数字交替变化着，每一次变化，都使它更加明亮，"3406210344，3406210343，3406210342，3406210341，3406210340……"

这变化仿佛在不经意间流露出什么不可抗拒与逆转的势头，而凌志阳也不知什么缘故，不管做什么事都要带着这块水晶石。

直到有一天，凌志阳将水晶石弄丢了，怎么找也找不到。

水晶石便消失了 34 年。

凌睦和自从去执行 1004 号国际机密任务后一直没回过家。

日复一日，该来的总归是来了，不该来的也来了。

3080 年，在一个衣柜的小角落里，水晶石幽幽地发着蓝光，亮度逐渐刺眼，快达到极点，宛若一颗璀璨的繁星，"0000000042，0000000041，0000000040，0000000039……"

抬头眺望，繁星点缀夜空，使那没有星星的地方显得更加深邃。刹那间，空中忽然出现一束有些模糊的银蓝光，它越来越强烈，越来越大，宛如一支脱弦的利箭射向了地球，"0000000021，0000000020，0000000019……"

"0000000008，0000000007，0000000006……0000000003，0000000002，0000000001，00000000000……"

当这串数字终止于 0 的时候，心跳似乎停止了，整个世界仿佛一动不动。在一刹那间，星星好像忘记了闪烁，钟表好像也忘记了跳动，大地瞬间被惊醒，所有的安宁间隔在那 1 秒钟……

3080 年 4 月 24 日凌晨 4 点 24 分，水晶石上的数字恰好变为一串 0，天边的一束刺眼的极光，在人们的瞳孔之中越来越大，蓝色的光辉映照着闪烁不定的繁星，在大气层狠狠地划出一道深深的印迹，然后穿透云霄，砸向了著名的宇宙不明建筑——南极 "金塔"。瞬间，那道激光的能量传输进金塔内，金塔内散发出银色的光，周围的温度从 $-25℃$ 瞬间降低到 $-108℃$，地球的温度也随之急速下降，冷空气从南极散布开来，宛若一朵冰冷的花在南极无声绽放。

南极洲分为五大国探测驻扎地，分别是：O 国、F 国、NM 国、A 国、NA 国，无论是那里的工作人员，还是一切高端探测设备，都被寒冷悄悄吞噬。

据说，在 28 世纪的某一日，天空中突然发出震天动地的爆炸声，一个金属手臂在半空中闪烁着红光，突然"咔嚓"几声，手臂转化为高塔，从天空中落下，耸立于南极的中心，南极金塔由此形成。国际联合会组织各国的代表和在国际上有过重大贡献的人等开了一次重大会议，会议最后得出的结论是，金塔的降临并不是一次偶然，而是某个种族或生物策划已久的计谋……

金塔的手臂形态转化过程，体现了高超的材料设计与建造技术。科学家们推测这种工艺超越了人类文明 2000 ~ 2500 年，与之相比，人类现在还在初步研究阶段。

手臂从空中坠于地面的转化瞬间，被科学家们研究了好几夜。假如能有所突破，人类的科技将进一大步。起初科学家们猜测，制作它的材料是宇宙中稀有的"流金金属"。这是一种比钢金还要坚硬的物质，当"流金金属"遇到强烈打击或破坏的时候，它会自动转化为另一种"嫩胶"，不管有多大的威力，只要击中它，都会被削去 95% 的力量。而受到激光或其他物质的破坏时，它会进行反射，将受到的攻击 100% 反射回去。

这场极寒将是第一场降临的史无前例的灾难，这是对人类文明的考验……

山川、河流、草原……无一不被冷空气所吞噬，恶化的环境使人类不得不快速建立起一座规模庞大的地下避难所。可地下避难所的空间终究有限，许多人不得不面对死亡，动物也不例外……

国际科学研究院从地表迁移到了地下，将这场灾难全面分析了一遍又一遍。

国际联合会秘书长站在主席台上，双手背在身后，肃立在中央，宣布："这不是巨型病毒的入侵、不是某种生物的泛滥、更不是人类能抗衡的一场战争，也不是洪水、海啸、龙卷风的肆虐，这是一场使地球生灵涂炭的永无硝烟的'战争'。"

人类，在地下避难所中缓缓度过了一年又一年，等着他们的是一场新的噩梦……

第一章　不速之客

"昨日花开满树红，今朝花落一场空！"

时间过得飞快，转眼间，过去了3年。

3083年。

"滴答，滴答……"地下避难所的警笛声响起，室内发出暗红的光，几百号不同学科的科研人员抱着一沓又一沓资料，快速走在国际联合会政府大厅，每个人的神情都流露出无尽的忧伤。紧张的气氛犹如一支即将脱弦的箭。见此情景，地下避难所的人们慌了，就像无数只焦头烂额的苍蝇，在生死边缘盘旋！

"避难所的居民们！很抱歉，根据最新观测报告，太阳将于15分钟后爆发氦闪，16分钟后，地球文明，将要——结束。"一个地下女工作人员发出通报，她的话语中显露出惋惜，仿佛正强忍着悲伤。

霎时间，居民们疯了，他们接受不了，窒息感就像病毒一般，毫不留情地把人们传染了个遍。

43岁的凌志阳，为科学奉献了自己的半生，他绝望地坐在地下避难所的一间房里，仿若一具毫无生气的尸体，一动不动地望着天窗，他的眼里透着迷茫，末日的来临令他措手不及。

他缓缓站起身子，走向天文望远镜，静静地看着宇宙中那颗火球，它燃烧着的熊熊烈焰逐渐变大，仿若无边无际的宇宙也能被点燃。

"咚咚咚！"房间里突然响起急促的敲门声，寂静的环境顿时被打破。

凌志阳深深地吸了口气，再缓缓吐出来，无尽的无奈："进来吧。"

随后，一名身穿白大褂的科学家，手中捧着一沓研究资料，失望地走到凌志阳面前："凌教授，105 号科研小组得出了结论——地球没救了。太阳已经连续吞噬了金星和水星，接下来的目标就是地球了。"这个人的名字叫安焱，是国内顶级的科学家，也是凌志阳的专用助手。

"两年前，你们亲口跟我说太阳还有 66 亿年才会发生氦闪，现在，只剩下 8 分钟！"凌志阳质问完安焱，忽然神情大变，因为这件事情他也有责任，脸上刹那间流露出淡淡的忧伤，他后悔，后悔当初没有提前做好准备。

"凌教授，研究报告是没错的，太阳确实是 66 亿年后才氦闪，它应该是受到宇宙中某种强烈射线的刺激而提前衰老，这种因素是未知的。现在太阳变成被称为'红巨星'的大火球，它已经吞噬了两大类地行星，现在为时已晚，来不及了！"安焱解释道。

凌志阳为安焱的话而感到震惊，又是因为宇宙中的某种外来因素。在这之前的 3 年，地球也是受到了干扰，导致整个世界的温度急速下降到 −50℃以下，全天最低温度达到 −100℃以下。对于全世界的人类、植物与动物来说，简直就是灾难！对于南极的动物来说更是雪上加霜。地球联合政府建立起地下避难所的目的，就是要保护人类的生存环境，可地上的那些生物，只有灭亡……

时间一分一秒地流逝，它在人们的眼中，就像潺潺流水，奔流不停……

只见凌志阳缓缓闭上双眼，悬浮椅通过心灵感应器，接收到凌志阳的指令，随后自动转了 180 度，将后背朝向桌前的安焱："出去吧！我想要一个人静静。"凌志阳淡淡地说着，然后双手摊开架在浮悬椅的两侧。

此时，安焱的眼角逐渐有些湿润，她低下头，不知道还能说些什么，便起身朝着门外走去。随后，"砰"的一声，凌志阳办公室的大门被关上，只剩下他孤零零地坐在那儿。

"要是……时间……可以……倒流……那，就好了……"凌志阳的眼神呆滞，轻轻从喉咙里挤出几个字，而后嘴角微微露出一抹苦笑。

过了几秒钟，当他意识到自己说了什么的时候，他的思绪瞬间变得清晰。

"莫比乌斯环！"凌志阳大叫道，猛地喘着粗气，两只眼睛瞬间瞪得滚圆，仿佛拼命地记着什么似的。

"莫比乌斯环"，这台机器是在第12号远古文明遗迹里一艘荒废的巨舰里得到的。据推测，这艘巨舰的主人可能是一个族群的统领者，巨舰的内部系统曾经有模模糊糊的记载，那是各种各样的名字，可能是整个族群的花名册。而"莫比乌斯环"也是在巨舰的内舱控制室得到的，不过它还未完全改进好。而这个族群的文明强大程度被认定为巅峰水平，可为什么现在无踪无迹？就连坚固无比的巨舰也破损大半，到底是什么原因？难道还有比巅峰族群的武力还要强的族群吗？

瞬间，凌志阳意识到人类族群的渺小，仿佛只是一缕灰尘，甚至还不如一颗沙粒。不需要巅峰族群出手，强大族群中的顶尖族群即可覆灭所有人类。

几秒钟过后，凌志阳再次将思绪投入"莫比乌斯环"中。3年前，人类一直解不开这台机器的时空起点系统，所以将这项技术抛至脑后了。现在他灵感大发，如果能通过"莫比乌斯环"进行穿越，人类就还有希望。

还剩下6分钟，这台机器此时就在自己的实验室，凌志阳突然从悬浮椅上蹦了起来，二话不说大步跑向了实验室。对！就是这样。凌志阳在心里默念着。

凌志阳跑去实验室的路上没有一个人，没有一点声音，没有一丝光……他不仅仅是跑在实验室的大道上，更是跑在生死之间的弯道上，那是时间构成的曲折。

约莫20秒后，他到了实验室的门口，刷脸认证后，他迈着沉重的脚步踏进实验室。他扫视了一下摆满整个室内的先进物品，然后眼睛定在一处，"莫比乌斯环"！

"莫比乌斯环"摆放于室内中央，可变大也可缩小，整体呈银色，有一种特殊的高级感。他检查了这台机器的内部零件和其损坏程度，4%，还是能够抵挡住宇宙抑制时空穿越的"空间乱流"的。

根据他刚刚构想的理论，假如验证时空的起点是对的，其次更改原先的时空期，最后正式启动开关就有成功的希望。

他带着人类的希望走向了"莫比乌斯环"的入口，"三，二，一，零。"机器自动数着。

"嘀，嘀，嘀……"

"宿主无法进行时空穿越，在这台'莫比乌斯环'中，穿越者必须有自己的 AI 系统，才能绑定在'莫比乌斯环'的系统中，进行指定时空跳跃。"

"人体中含有 AI 系统？"凌志阳大惊，有些不知所措地皱起双眉，仔细打量着，"这不就是数字生命体吗？"

凌志阳最近研发的量子计算机就是数字生命体的雏形，只要将量子计算机的运算法则提取到人体脑中即可。可是此时只剩下 3 分钟，导入此设备需要 10 分钟，想让系统快速运算节省时间，只能运行每秒几万亿次浮点的 AI 超级计算机，因为只有这种计算机才能达到这个效率。

此时人类最快的超级计算机已经达到了十万亿浮点，可那台机器还在星织集团那儿，3 分钟根本无法到达那里。

如果用那台机器来进行数字生命体的配置，用不了 20 秒就可以搞定，问题就出在路程上！凌志阳思考了几秒后，快速给星织集团前台部门打了电话。

只见他一连串迅速的敲击后电话接通了。

"喂，我是你们董事长王磊的朋友，请他接一下电话，麻烦快一点！"凌志阳加快了语气说，时间只剩下 2 分钟。

电话的另一端，没人接听！所有人都因为地球要覆灭了，在跟亲人告别。前台只有那台机器在响着凌志阳的话语。

无奈的凌志阳又开始拨起第二个号码，寂静的实验室中再次传来一连串敲击声。

紧接着，电话的另一头很快接通。

"老师，您有星织集团董事长的电话吗？来不及跟你解释了，有的话请您赶紧发给我！"凌志阳一向尊敬老师，可这次询问老师有无电话的语速显得有些冒昧，毕竟他在与灾难赛跑，情绪未免有些激动。

"好的，小凌，别害怕，有老师在。"一个沉稳的声音从电话另一头传来，这是凌志阳的老师，司徒睿，国际联合会秘书长，曾经担任过教学工作。他知道凌志阳从小离开父亲，所以一直把他当自己的孩子看。

"嗯我知道了！"凌志阳说着急忙挂断电话，很快，电话号码就发送过来，他以最快速度将电话号码敲进设备。

"嘀，嘀，嘀嘀……"敲击的速度递增上去，一次比一次快。快没时间了，凌志阳默默念道，暗自下定决心。

"喂，请问是星织集团董事长王磊吗？"凌志阳手中的拳头握得紧紧的，迫切的心情也表露在话语之中。

"是的，你是？"

"来不及解释，你们的超级计算机安装了远程功能吗？"急促的话从电话的这一头传出。

"刚刚研究出来，有事吗？"还在实验室的王磊听到电话另一头的问题，都怀疑星织集团的研究技术被泄漏了。显然，他还不知道外边发生了什么。

"这个来不及解释，想拯救人类就请您马上操控达到十万亿浮点的超级计算机，远程帮助我完成数字生命的植入……"凌志阳将植入的方法，以及过程快速地解释了一遍。

在凌志阳开始仔细述说的时候，王磊并不太相信任何一句话，只是默默听着。当他边听凌志阳讲着，边从身旁的新闻网了解最新消息时，心中才大吃一惊。是真的！他说的是真的！王磊心中生出一丝敬意。

"可你这是在冒险，如果失……"王磊说着，还未说完就被打断。

"我知道，但是我不允许我失败！因为不能有失败，不容有失，我的背后是整个人类族群！"凌志阳双目坚定地看着眼前的机械。

"我在避难所的008号国际联合会建造的实验室，请您马上帮我，不，是帮助人类，帮助地球。"说完，凌志阳坐上了植入系统椅。

植入系统椅上半部分的透明玻璃罩渐渐覆盖上凌志阳的头。在操作台蓝色光辉的映照下，闪烁着淡淡蓝光。

植入系统椅的上半部分自动进行着一系列操作，并将平躺的操控者缓缓抬起，其中的脑路连接的操作台闪烁着植入进度表，"16%，17%，18%……"

不到几秒钟时间，进度就达到了80%，七八条连接植入椅的电线在星织集团的十几万亿浮点的操控下，很快完成了量子系统的对接。

此时此刻，人类灭亡的噩耗如同猛虎，仿佛要撕裂人的心……

地球外的2000千米处，第三道量子核意面护盾与"红巨星"产生了强烈的冲撞，火花四溅，红巨星试图缓缓打破这道强有力的护盾。

"轰——"红巨星的冲击力将空间砸出了一个深深的坑，爆炸声持续了很长一段时间，才缓缓消尽。没了这第三道阻碍，红巨星前进的速度越发快，所过之处，空间纷纷崩塌，无一不被点亮！宛如一颗璀璨的流星划过天际。

紧接着，地球外的1500千米处，第四道，第五道，第六道量子核意面护盾通通成了第三道量子核意面护盾的影子，重复着同样的结局，被尽数摧毁……

地球外的50千米处，最后一道地球防线，静静地等待着红巨星的来临，人类命运是生是死，就在这一瞬间。

第七道量子核意面护盾在太阳的照射下，反射出恐惧、悲伤、忧愁和苦笑，太阳即将触碰到最后一道防线时，地球里的生命宛如没了呼吸声，只有一颗又一颗弱小的心跳声在呼喊。

"轰——"一道震天动地的炸裂声响彻整个宇宙，第七道量子核意面护盾被红巨星突破的那一瞬间，空间被瞬间碾压，地球仿佛没了气息，一圈又一圈血色的光火从最后一道防线铺散开来……

随即，太阳便朝向地球进发，不过一会儿，地球 15% 的疆域被吞噬。

35%，40%，45%，55%……

红巨星无情地吞噬着。

凌志杨那边的系统椅"咔嚓"几声，透明玻璃罩盖缓缓打开，植入系统椅也逐渐恢复正常，操作台却"滴答、滴答"地响着，显示屏上的进度条已经达到 100%。凌志阳躺在植入系统椅上，他觉得自己的神经有些错乱，他看见的每一个物品，都显示着长、宽、高以及许多其他的数据，并且这个东西的作用是什么他都看得一清二楚，密密麻麻的数据在他眼前一划而过，简直就是"新人类"！或者说是 AI 化身。

还来不及和星织集团的王磊说声谢谢，凌志阳就得踏上时空跳跃的旅程。

30，29，28，27……

凌志阳望了望墙壁上的时钟，人类的文明就快到头了，绝望的滋味突然涌上心头，就像瞬间喷发了一座火山！

此时此刻，凌志阳产生了很多想法：为什么人类会有如此下场？为什么太阳会提前衰老？那股神秘力量到底是什么？为什么太阳和地球，同样会受到那股神秘力量的影响？为什么一受到那种影响就会在短期内改变运行轨道和周期？一个又一个复杂的问题，翻滚在凌志阳的脑海中。

可现在的他来不及思考这些问题，便迅速跑到"莫比乌斯环"的入口，启动"莫比乌斯环"。站在莫比乌斯环上，一套量子战衣赫然套在他的身上。

"三、二、一"，时间在倒数，它在凌志阳的脑海里倒数，他在每一个人的心里倒数，一秒接着一秒。只见天空中忽然冒出一颗巨大火球，它以极快的速度砸向地球……

第二章　穿越

两三次呼吸过后，凌志阳发现自己处于一个五维空间里，一个彩色的漩涡将他卷入其中，强大的引力波动用力拖住凌志阳。

"咻"的一声，画面一转，凌志阳倚靠在一个半圆形顶楼的摇椅上，那时他正代表 H 国，在和国际私人星织集团交易一项研究技术。他思考着：这是哪儿？我怎么会穿越到这里？凌志阳的心里有些没底。他恍然觉得这里好熟悉，打开手上的手提包，开启手机，3072 年 5 月 26 日。刹那间，他心里蹦出九个字：我真的穿越了，成功了！

第三章　星织集团

这是在哪儿？我怎么会在这里？我在这干什么？一个又一个问题浮现在凌志阳的心中。

"先生，先生！"身旁的人叫了一下凌志阳，"这是一项国际科研产品，想必你也知道，它的出现将轰动整个世界。你们要想得到这个技术，得看你们手中的资金够不够。"帕金克长相魁梧，身穿灰色西装，鼻尖高高，戴着墨色眼镜。

他刚说完，便将银色箱包绅士地放在桌上，看看四周，哗笑一片，热闹非凡。随后，他又将银色包箱提在手上，谨慎地说："这里不适宜观展。"他示意了一下凌志阳，眼睛看向了对面的一幢高楼。

"走——"

凌志阳恍惚了一下，然后瞬间明白他的意思，提上自己的手提包，随着星织集团代表人走去。

路上，凌志阳边走边想着，11 年前星织集团所要售卖的国际科研产品，的确可以轰动整个世界，他自己在穿越之前，已经彻底地研究过这个产品，但也是在 H 国购买这项技术之后。他记得这项产品的售价已经达到了 200 亿美元，是一笔不小的数目。

自己已经将这项技术完完全全地镌刻在脑海里，并且还改进了这项技术，现在为何还要找星织集团购买？

他本想叫住帕金克委婉地拒绝购买，可想了一下，还是想亲自看一眼产品再作打算，免得让祖国被人家说成不讲信用，连看都不看一眼就走，落下笑柄。当然他还有另一个原因，星织集团的董事长王磊，在穿越前帮助过他，有着极大的贡献，不好拒绝。

路上，街道一片祥和。

真希望人类能够永远这样安宁地生活着，可安宁需要有人来维护，我，便是第一人……

到达星织集团总部门前，一台庞大的天基武器赫然耸立于楼顶，其中的能源炮更是倒挂垂直向下，散发的气息让空间微微颤抖，好不引人入胜。天基武器的导弹防御系统也散发着蓝色光圈，隐隐约约中能感受到一种无形的震慑力，小型的反卫星武器装饰在天基武器周围，仿佛来到了科技胜地。

到了星织集团总部内部，各项震撼人心的技术也展现在众人面前。

一个又一个外骨骼机器人整齐有序地在星织集团总部大厅走动，它们的外表呈现锃亮的银色，手中抱着一项又一项重要的技术册，身上的侧部还配备了激光枪，好似一支真人版的强大军队。

转过身，四台内部技术及精密度达到纳米级的光刻机矗立在大厅四周，恰似内部拥有超高精密度的巨型摄像机，将设计好的集成电路通过投影光线曝光雕刻在硅片上，制成一个又一个芯片。从这里生产的芯片，最小可达 0.6 纳米，最大可达 52 米。

大厅中央的显眼处放着一张桌子，桌子上摆放着一台重型电磁枪，每分钟射出高达 6000 发离子弹，每一发威力都极大，从而能达到惊人的效果，足以将 1 米厚的墙瞬间穿透，使其崩塌。

凌志阳随着帕金克到了实验室（测验室），桌上和地上分别摆放着超高精密度的全自动系统电子天平、碳基 C3 小型纳米光刻机、小型量子空间计算机等仪器。

"找个地方坐吧！"帕金克朝凌志阳示意了一下，然后招呼了一下门卫。他从口袋中掏出一张透明卡，轻轻地插进门旁的一个高端机器，机器中间是空壳，四周安装了多个摄像头，其内部系统连接了这道实验室的大门。他拔出卡片后，实验室的大门缓缓地关上了。

这扇大门由高强度的钢金打造而成，电磁步枪至少扫射 10 分钟才能突破，隔音效果更是毋庸置疑。即使里边发生了高达 200 分贝的原子核爆响，除非整个房子崩塌且损坏，否则是绝无可能在外面听见这爆炸声！

这扇大门外的上侧，安装了 5000 个直径 0.2 纳米的监控摄像头。假若有不明人物出现，能无死角监视他，根本不会有一条漏网之鱼，就算对方用超声波或电子系统干扰器，都无法完全屏蔽摄像头，因为摄像头的内部系统安装有超强反干扰功能。

更重要的是，当监控感应到对方开启了干扰器或者超声波等影响系统运行的机器，这些小型监控，会立即启动杀伤功能，一招制敌。这项技术使得星织集团永久地运营在世界各地。

"这个量子空间计算机，是……"凌志阳环视了周围一会儿，然后眼睛定格在量子空间计算机上，"量子计算机我是知道的，可量子空间计算机是——"凌志阳再次哑然！

　　帕金克看了看凌志阳，又看了看量子空间计算机，顿了顿答道："量子空间计算机顾名思义，其中的量子计算机是拥有超广的应用范围，超快的运行速度，超高的精密度，超长的运行时长，这些要素都具有空间穿越的特征，再加上一台大型时空隧道和时空机器就可以运行。不过系统对接方面，也就是让空间与量子计算机进行匹配，目前还处于研究阶段。眼下很难让系统接受超强的能量，一旦触碰到庞大的能量，系统的脑路线会瞬间崩塌，所以我们暂时还没攻克这项技术的难点。"

　　听完对量子空间计算机的介绍，凌志阳再次惊叹，眼睛里充满了对时空的好奇与渴望。

　　可他只记得之前人类触碰到的不是量子空间计算机，是一个名叫"莫比乌斯环"的时空机器。就是从进入"莫比乌斯环"的时间点，穿越到另一个尽头的时间点，在那里所做的事情，是可以改变现实，并改变最终的结果。然后等穿越者回到现实，这个现实就是被穿越者改变后的。

　　凌志阳寻思着：难道是因为自己的举动，给世界带来了蝴蝶效应？

　　"回归正题，这次我们带来的产品是'仿生声呐材料'。这种材料结合了仿生谐振材料的探测雷达功能，并且具有屏蔽雷达探测的功能！不仅如此，仿生声呐材料还结合了仿生吸波隐身材料的隐身的功能。三个材料的结合，成了新世纪的重点项目。这个仿生声呐材料，一旦覆盖在建筑物上，无论建筑物的体积多么庞大，都能让它在顶级探测器下隐形！"帕金克看向凌志阳，介绍道。

　　凌志阳的脸上却毫无惊喜之色，写满了"平平淡淡"四个字。

　　帕金克见志阳天毫不动心，便展示起了"仿生声呐材料"的效果。

　　他将"仿生声呐材料"往量子空间计算机上一抛，等"仿生声呐材料"完全覆盖住量子空间计算机的上半部分的一角，整台量子空间计算机瞬间消失，可见"仿生声呐材料"的凝聚力发挥之快，一下子就将量子空间计算机隐身。

　　凌志阳依旧不动声色。

帕金克本想说出这项产品的售价，可见到凌志阳的表情，就将心底的话咽了下去。

星织集团因为项目过多，资金周转不够快，导致他们很多项目都进行不下去，眼下最重要的是依靠"仿生声呐材料"拿到第一桶金，却没想到"客户"的表情会如此平淡。

过了一会儿，凌志阳见已经了解的差不多了，便找借口说："抱歉，我得回总部商量商量购不购买这项技术，总部只是让我先来看看产品的情况。我汇报完情况再跟您联系。下次见。"凌志阳面带歉意地转身离去。

再次走到星织集团总部门口，凌志阳看着那里的天基武器，还是如第一次看见那般令人震撼。"不过这家公司的产业，倒是很有研究价值。"凌志阳在心里默念道。

第四章　造访与计划

此时此刻，世界非常平静和谐，人们的生活变得有规律，地球进入了平静的状态。

露天顶楼上，凌志阳倚靠在一把摇椅上，眼睛眯成一条缝，思索着什么。

他等待了一会儿。

一位白发老人慢慢走上顶楼，大概还有一楼的高度就到了。

"老师，您来了！"凌志阳听到缓慢的爬楼梯声后，激动得瞬间从摇椅上蹦了起来，跑上前去。

楼梯口处。"老师，您慢点走"凌志阳问候道，连忙伸出双手。

"我来扶您！"

"咳咳……"咳嗽的这位正是国际联合会秘书长，也是凌志阳曾经的任教老师司徒睿。司徒睿已经临近退休，这次来，一是来自己学生这里做客，二是他正是凌志阳需要找的人。

凌志阳找了个位子，道："老师，来，您坐这儿。"

"小凌，你这次找我来有什么事？"司徒睿清了清嗓子说道。

凌志阳坐了下来，挺直了腰，双手从手提包中拿出一个灰色的本子和一支外表呈现银色的圆珠笔："老师，给您。"

"还是你知道我的习惯。"司徒睿打趣道，满脸喜悦。

"见您今天忘记带了嘛。"凌志阳脸上洋溢着微笑，将本子和圆珠笔递给司徒睿。

司徒睿接过笔记本和圆珠笔，慈祥地说："说吧。"

见机会一到，凌志阳也不拐弯抹角，问："老师，请问人类建立了地下城吗？或者已经有计划建造地下避难所吗？"

"没有。"司徒睿顿时皱起双眉，双眼紧盯凌志阳。

"不用那么紧张，老师。"凌志阳说着，从茶壶里倒了一杯茶出来，"老师，请。"

司徒睿顿了顿身子，接了过去："温度刚好！"

司徒睿继续说："地下城这件事，你这是……"

"没有什么，老师，随便说说。"凌志阳一时间无言以对。他心里猛地一震，人类竟然真的没有提前准备，连计划都没制订，难怪灾难来临时没有充足时间应对。

"有什么事情，不要憋在心里，可以跟老师说，会有解决方法的。"司徒睿看了看凌志阳，并将喝完的茶杯递了回去，茶杯外还隐隐散发着余温。

话说到这个份上，凌志阳便不再纠结，但也并非完全敞开心扉地说："老师，其实……我是另一个世界穿越而来的人。"

"准确来说，我是穿越而来的人。"

凌志阳话还没说完，司徒睿便惊讶地问："什么！小凌，你没开玩笑吧？"司徒睿的眼神刹那间变得严肃起来。

"我的生命，是由一台量子计算机构成的，此时的我，脑中的想法是由机器在另一个时间点计算出来的，我所做的一切，并不是我本人想出来的，可以说我是AI造就的。"凌志阳不知怎样和老师解释，他自己也很难接受这一切，或者说，他根本无法接受这一切。

"小凌，有什么事你慢慢说。"司徒睿听得很是入神，可心里总是有些茫然，他知道自己的学生是从来不会乱说话的，这些事有些乱。

"现在是3072年，从今年开始数，8年后地球会受到神秘力量的突然'袭击'。这股神秘力量是一道激光，会降临在'金塔'上。世界的温度因此瞬间降低，南极的温度更是达到 –108℃，周围环境可想而知。而动物、植物没有栖身之处，面临濒临灭绝的下场，惨不忍睹。"凌志阳说完眼眶发红，鼻子不知不觉就酸酸的。

"人类却没有能力保护它们，因为他们的地下城是在仓促中临时修建的，大小有限，所以有好几亿人都没能进入地下城，动物和植物则更不可能。地球陷入危机。而后的几年，人们的生活回归正常，可一直在地底，永远见不到太阳。"凌志阳动情地说着，而司徒睿的眼神里也充满了怜惜。

凌志阳调整了一下情绪："从今年算起，11年后，3083年，太阳也受到了一股神秘力量的影响。本来66亿年后太阳才会出现氦闪的，可这股神秘力量瞬间改变了它原有的演化进程，让它连续吞噬了水星和金星，变成了'红巨星'。结果您也想得到，最终，地球上的生物无一幸存。"最后四个字，凌志阳用低沉的语气草草结尾。

"那你是怎样活下来的？"司徒睿很是疑惑。

"当太阳还剩下6分钟就要毁灭地球的时候，不知道是什么力量让我瞬间明白了一个机器的原理和运行方式。这个机器的名字就是'莫比乌斯环'，它的作用是将人体从现实时间点，传送到指定的另一个尽头的时间点。人在那里所做的一切都会改变现实。最终人还是会回到现实中，回到那个穿越前的时间起点。"

"所以，你是想利用这台机器穿越到 11 年前，改变人类文明被毁灭的现实？"司徒睿问。

"是的，这台机器那时刚好就在我的实验室中。在那 6 分钟内，我将它所有的零件与配置都检查了一遍，并根据理论与时空的起点再次进行验证，结果是对的。"凌志阳说着就停了下来。

"然后……"司徒睿迫不及待地想听听自己学生的经历。

"然后，我从'莫比乌斯环'给的提醒中，发现人体不能从系统中进行跳跃时空，必须在系统中增加一个条件，这个条件就是人体中必须还有另一个系统才能进行穿梭。这又让我想起，最近研发的量子计算机就是数字生命体的前提，我要将量子计算机的运算法则提取到人体脑中，此时，只剩下 3 分钟，导入此设备需要 10 分钟，一时间，人类的希望变得有些渺茫。想让系统快速运算，只有每秒能运行几万亿次浮点运算的 AI 超级计算机才能达到这个效率。当时，人类最快的超级计算机已经达到了十万亿浮点，可那台机器正在星织集团那儿，3 分钟根本无法到达那里，如果我们用那台机器，不用 20 秒就可以搞定。问题就出在路程上！"凌志阳说着说着又停了下来。

"最后怎么了？"

"最后我联系您，因为我压根就不知道星织集团的电话。"

"您将星织集团的电话给我之后，我便火速联系他们，让我没想到的是，他们在超级计算机中已经研究出了远程功能。就这样，我跟他们又合作了一次，数字生命结晶已经植入了我的脑海，我也成功用'莫比乌斯环'穿越到 11 年前。"凌志阳说着说着又笑了起来。

"那时的每一分，每一秒，都意味着无数生命的诞生与死亡……"凌志阳说着，司徒睿的心里对自己学生的认可又高了一层。

"老师，当我完成这次穿越的任务时，我便会回到原来的世界，回到

'莫比乌斯环'的入口。而大家，也会过上原来幸福平安的生活。"凌志阳淡淡地说道，眼神中充满向往的神情。

"那对地下城，你有什么看法？"司徒睿问了一句。

"我觉得我们既然解决不了神秘力量对我们的袭击，我们可以提前建造地下城，组织所有人力快速移民，将植物和动物运输到地下城。"

"可……植物生长需要阳光！"司徒睿应声答道。

"您忘了吗？我们不是那个年代了，现在的人工可控核聚变装置，哦，准确来说，全名叫作'全超导托克马克实验装置'。"凌志阳解释道。

"你要带上植物和动物我不反对。可是，第一，你知道带上植物和动物需要的阳光功率分别是多少吗？第二，那得消耗人类多少资源啊！"司徒睿说道。

"老师，第二个问题我已经想好了，我最近在研究一种光伏，名叫'三折射光伏'。它是太阳能技术的升级版，配备光线传感器，将照射在电池的内外部的光进行三次折射，提高了电池的安全系数，增强了电池的性能。这种光伏，只需要平时启动太阳能板块三分之一的能量，便可得到常用太阳能三倍时长的光照。在任何需要电池的领域中，安装光线传感器，就能利用三折射光伏减少人类资源的大量消耗！"

凌志阳将身旁的一个行李，抬到了露天顶楼上的一个电路插口旁，打开行李，一架高端"三折射光伏"机器和光线传感器赫然摆放其中，凌志阳轻轻将设备安装在一起，然后连入电路。

一架完整的设备矗立于司徒睿眼前。

"不错！不愧是我的学生。"司徒睿夸赞道。

"可，第一个问题你要如何解决？"司徒睿又将这个难题提了出来。

"我是这样想的，老师。第一个问题得请您帮忙，让从事植物管理养护方面的工作人员每天用'植物光照分析仪'测量各类植物的年吸收光量，再将当年的所用光量的所有数据汇总整理，统计好交给我。"凌志阳思考了好一会儿答道。

"好久不见进步不小啊！好一招'兵来将挡，水来土掩'。"司徒睿打趣道。

"老师，建造地下城这件事……。"

"放心吧，有你老师在。"

"我看，不如先给建造地下城计划取个名字？"说话的是凌志阳。

"那你说说看。"司徒睿再次拿起笔，准备开写。

"那就命名为'鼹鼠计划'吧。"凌志阳想了好一会儿说道。

"还不错，挺有深度。鼹鼠擅长的事就是我们人类要做的，挺好，挺好。"司徒睿说。

两人笑了笑，司徒睿继续问道："那你对太阳氦闪有什么看法？"

"我认为那股神秘力量是一个强大的星际组织，将太阳体内氢气全部吸收掉，使太阳提前进入衰老。可他们是如何承载这么多氢气的，我就不清楚了。毕竟一旦氢气爆炸，那可能就是毁灭性的灾难！"凌志阳大胆的猜想引起了司徒睿的注意。

"我也有一种预感，这种星族可能是氢气生物，它们专门靠吸收氢气维持生命也不一定。还有可能是另一个强大的星族利用高端设备吸取氢气，然后保存于设备机器中，作战之时还能发挥重要作用……"

一个又一个猜想从他们的脑海中冒出，不可否认的是，他们的想法，虽然有一定根据，但对错却不一定，因为确切的证据谁也没有。

"小凌，你记不记得，那股神秘力量是从太阳的哪个方位击中太阳的？"司徒睿目光投向凌志阳。

"在我的记忆当中，太阳被击中的方向是南方。"凌志阳回答道。

"南面！小凌，你调查一下太阳南面 10 光年内有哪些星球？"司徒睿的思绪有些混乱，他推断，发射神秘力量的族群必定是一个实力派的星族。

随后，凌志阳点击胸前的一条白银项链，一个虚拟屏幕以二维的形式展现在司徒睿眼前，凌志阳两只手快速滑动着蓝色屏幕。

"就是它了！"凌志阳心里暗自说道，右手的食指点击了一下屏幕上的事物，一个庞大的宇宙模型瞬间矗立在身旁的地面，司徒睿惊讶得赞不绝口。

凌志阳在宇宙模型中比画了一下，并在纸上做出线段指标，口中还喃喃着："南面。"

过了一会儿，凌志阳激动地说："老师，太阳南面 10 光年内的类地星球只有巴特尔星！"

"不对呀！巴特尔星人的确向地球发过战报，可他们不像是那种会偷袭的人。"

司徒睿分析后接着说道："我想了想，也不一定是以星球为坐标，有可能是一架大型的宇宙飞船，向太阳发射的神秘力量。"

"也对！"凌志阳点了点头。

凌志阳和他的老师聊到了傍晚，老师准备回去时，凌志阳专门送给司徒睿一套"三折射光伏"设备。

初升的星星和月亮，正目送着太阳离去的背影，就像凌志阳目送敬爱的老师离去的背影……

第五章　相遇

深夜，月光轻轻撒下柔和的银白轻纱，伴着闪烁的灯光，显得格外清丽……

正当凌志阳转身回家时，一个熟悉的身影恍然出现在他的面前，他穿着朴素，头发乱乱的，在这个灯光秀丽的城市中显得格格不入。

凌志阳突然感觉眼角在颤抖，他停了下来，望着眼前这个背影，恰似一个人，他的泪水顿时在眼眶之中打转。那道身影忽然消失在朦胧的灯光之中，凌志阳停了一会儿，而后加快脚步，逐渐追上那道身影，他心里期盼道，是他，是他，真的是他！凌志阳的鼻子刹那间酸酸的。

"父亲——"凌志阳喊了一声，试探了一下前面的人。

那位穿着朴素的人，忽然转过头，没过1秒钟，就眼泪汪汪，流下的眼泪仿佛是他们之间的时间汇聚而成的。

在那一刻，他不是一个伟大的国际研究学者，他只是一位平凡的父亲……

当看到那人的正脸时，他更加确信那人就是自己的父亲！凌志阳张开双臂，像一束光照亮了凌睦和。随后凌志阳跑到父亲眼前，扑了上去，抱住了凌睦和："你，你终于回来了……"

凌志阳将凌睦和带回了家……

"我们找个地方坐坐吧。"凌志阳说着，便从房间里端出了一杯热咖啡，"父亲，给。"见到父亲的凌志阳心里满是思念，他几乎快忘记了父亲的模样。

"爸，这些年你到底经历什么？"凌志阳满是好奇，为什么当初他要离开自己？

"儿子，对不起！"凌睦和眼角低垂，声音有些沙哑。

"如果今天我没有遇到你，你是不是就要离开我了？"凌志阳质问起父亲。

"是，是的。"凌睦和的声音弱了下去。

"儿子，我对不起地球。"凌睦和说着，给了自己一巴掌，所有的自责化为了清脆的一掌。

"别！"凌志阳看着自己父亲情绪不对，应声喊道。

"在你六岁的时候，我被调往执行1004号国际机密任务，任务是前往巴特尔星球，将那边的情报输送至地球。原因是巴特尔星已经将战报发给地球，地球知道巴特尔星的文明确实比地球高出2级，小小的数字，代表的是一个星球的强弱，宇宙中弱肉强食的规则是无法改变的。"

"至此，当我到达巴特尔星时，混入了他们的科研团队。没想到那里的人没过几天就捉拿了我，威胁我要我告诉他们地球的情报，还让我潜入星织集团，并将数据传送给它们，不然就要你和你爷爷奶奶粉身碎骨。"

"可有一天，星织集团突然发明出一种监控摄像头，这种摄像头非常厉害，有反干扰和红紫外线杀伤功能，这才阻止了我再次偷窃人类的情报。"

"巴特尔?!"这是来自凌志阳内心的愤怒。

"怎么会是巴特尔？爸，你不能这样做，人类的文明会被毁灭的！一旦地球的情报被泄露，地球就再也没有什么可以防卫的东西了，就连我也得死。"凌志阳皱着眉头，左眼皮跳动着。

凌睦和干那些事情的时候，只想着自己的亲人，却忘记了整个地球的安危，他突然意识到这件事的严重性！

"爸，那——实验室里的那颗水晶石是什么？前几天我突然意识到上面的数字是有含义的，并不是普普通通的几个数字！"凌志阳说着，回想着几十年前。

"儿子，有些东西，不是你应该知道的，也不能知道。"凌睦和心里闷得慌。每当想起这件事，凌睦和心里都会对自己挚爱的星球产生愧疚，他多么想将事情全部说出来，可……

"爸，既然你不说，那我也不强求。"凌志阳想着，这件事还得慢慢地理一下，等到父亲自己愿意将事情说出来的时候再说吧。

房间内被寂静笼罩，连心跳声都听得一清二楚。

过了一会儿，一个沉着的声音，打破了此时的安静："那，那……那水晶石上的，数字，其实是，是巴特尔星人，对地球的攻击时间。"凌睦和说着说着，仿佛瞬间解开了内心深处的心结。

"……"

这一夜，所有关于巴特尔的真相，都曝光于父亲与儿子的对话之中———

第六章　鼹鼠计划

一天，凌志阳再次找到老师，这次会面的地点是老师的办公室：国际联合会总部最高层。

"小凌，这次来是干什么？"司徒睿说着，手里的笔还不停摆动着。

"老师，您平时工作这么忙的吗？"凌志阳问道。

"今天特殊，地下城开工建造，我这个负责人有很多事要干，所有的资金流水都要安排妥当，得经过我手才能进行资金流转。"司徒睿脸上一副无奈的样子。

他再次说道："这几天，全世界的挖土机和起重机等机器都在不停地工作着，分别在各个区域建造。而这些机器有些需要石油，有些需要电能，有些些需要光能。每天石油快速减少，人工电能更是有些跟不上，而那些需要光能的，在晚上也就无法启动。人工光源能产生的能量，还不够机器的内部运转，这就是人类每天所需要解决的问题，政府每天得批大笔资金下去。总之，进度没那么理想。"

"老师，这好办啊！"凌志阳说道。

司徒睿找到另一个本子，头上的笔蓄势待发着。

"首先，需要石油的，您先通过几个渠道，发布提倡绿色出行的新闻，让全世界的人民减少石油的使用，这样省出来的石油由政府大量购买。而后是电能，用于建造地下城的机器，有些是需要靠电启动的，最近我在研发一台'超高压瞬息充电技术'设备，其中包含三个方面的条件。"

"第一，必须采用能够承载超高压瞬息充电的电池工艺。"

"第二，要配备瞬息充电的充电桩和相对的充电技术。"

"第三，为了方便人们携带，超高压瞬息充电技术要采用纳米工艺制作，将体积大范围缩小到 1 平方分米！"

"理论上，超高压瞬息充电技术是不可实现的，但通过 AI 数字系统的激发后，我发现超高压瞬息充电技术也不是不能制造出来的，只是缺少了材料。"

"超高压瞬息充电技术的内部采用纳米级控制设备，要求设备有控制能源的能力。不然车的内部能源都不够启动，将是大问题。"

"不仅如此，超高压瞬息充电技术的内部还要有储存大量能源的能力。假设电池插上插座，将能源直接输入车里，目前电池的转换系统和插座的接受能力不足，会直接报废，甚至造成人员伤亡。所以要先将能源一直储存于电池中，到达一定量时，再通过超高压瞬息充电技术，将能源一次性瞬间充入电车。最重要的是，车内的接收器也要升级，采用同样的原理，将超高压瞬息充电技术引入电车接收器上。"

"接着，是太阳能方面。还记得几天前我跟您说的三折射光伏吗？将这个技术引入有需要的太阳能车里，这样将人工太阳的光能输入这些机械之中时，机器可瞬间达到启动效果。"

"说得有道理，不过你所说的'超高压瞬息充电技术'，真的可以实现吗？"司徒睿感到难以置信。

"老师，这种技术不仅可以实现，还可以批量生产。"凌志阳说着，将自己已绘成的"超高压瞬息充电技术"图纸交予司徒睿。

司徒睿看到"超高压瞬息充电技术"图纸的一瞬间，心中满是惊讶，图上的每一个细节都有科学依据，密密麻麻排满整页图纸。

司徒睿快速敲动着手机屏幕的电话键盘，噼里啪啦一顿敲击。

"喂，请让你们工业部最高级别的长官过来接电话！"司徒睿一想到"超高压瞬息充电技术"，心中就愈发激动。

电话的另一头，是一位工业部的通信员，一接到国际联合会秘书长的来电，便马不停蹄地跑到工业部最高长官的办公室门前，看了看四周，快速敲了敲门。

"长官，长官，国际联合会秘书长来电！"突然，敲门声停止了，开门声也响起得异常迅速。司徒睿这边的电话又响起来。

"电话呢，赶紧给我！"另一头的工业部长官和通信员说道，便夺过电话。

"喂！国际联合会秘书长好！"

"您好！"司徒睿回复道。

"……"

就这样，司徒睿将'超高压瞬息充电技术'的事通知了工业部，并嘱咐批量生产，然后运输到世界的各个角落，让所有建造地下城的电能机器都用上。全世界都在加速建造地下城，以防万一。

通知完后，工业部的人派了交接员来交接这项技术图，手续顺利完成。

司徒睿刹那间才想起凌志阳："对了，忘了问了，你这次来是有什么事吗？"

"老师，也没啥事，就是来看看鼹鼠计划的进展。"凌志阳也没有将自己的心事说出来，显然他还没有下定决心。

"小凌，鼹鼠计划的进展已经到了 0.8%，相信有了你提供的方案之后，很快就会达到 1%。"司徒睿答道，话语中充满自豪，毕竟凌志阳是他教出来的学生。

"嗯！"凌志阳看向窗外，远处好几个小区正在被拆除，打地洞的人们恰似一群忙碌着的鼹鼠。还有大批大批的运土车像无数只庞大的蚂蚁，向国际联合会管理局前行。只见一辆又一辆运土车开进了管理局，管理局门前的门卫检查着车辆，一辆车进去了，另一辆车又从另一个门出来，运土车就这样重复来回着，这壮观的场景，丝毫不逊于阅兵仪式。

随后，司徒睿手上的笔又开始工作起来，他闷声写了半个小时，凌志阳也观察了老师半个小时。老师的脸上一会儿愁眉苦脸，一会儿又喜笑颜开，大概就是因为纸上的报告。

"小凌。"司徒睿停下笔，转头看向凌志阳。

"老师，怎么了？"

"最近国际联合会管理局收到大量的土，这些土每日都在增加，说不定哪天就被堆满了。想必你也知道，建造地下城多出来的土数量庞大。假若不及时处理，一定会酿成大祸。"司徒睿无奈地摇了摇头。

凌志阳想了想，看了看窗外："土里有铅，铅被广泛用于制造阻挡激光射线伤害的防护盾，如果我们将这些从地下运出来的铅用于建设地球外的防护系统，让地球外的防护系统与铅结合在一起。当那束神秘力量击中地球时，铅就有可能帮助我们抵挡。要是不能帮我们抵挡，反正所有的生物已经转移到地下城了，也没有任何后顾之忧。"凌志阳思绪沉了一会儿，说道。

听完学生的建议，司徒睿顿时豁然开朗，眼底装不下的兴奋一下子散发出来。

于是，国际联合会就按照凌志阳的方法，在近期出动大量人员，按一个月一次的频率，将大量泥土一次性融入防御罩，使地球有了一个更好的保障。

"小凌，听你上次说，太阳氦闪是在 11 年后的 3083 年，是一股神秘力量降临在太阳上才导致的。我想了一下，如果我们阻止了这道力量的袭击，太阳就不会受到神秘力量的影响，地球文明也就不会灭亡。"司徒睿说着，手上的笔停下来，纸上密密麻麻的推理痕迹，都是从一个起因到另一个结果的推断，司徒睿将这张推理图交给了凌志阳。

"你看看，可以不？"

"看着很有依据，可行度也还可以，问题就出在材料上。"凌志阳看着说道。

"也是，人类文明此时要是再不进步的话，可能要落后于很多星球。"司徒睿站了起来，叹息道。

……

他们聊了一段时间后……

"老师，我父亲凌睦和。"凌志阳说着说着突然噎住了，他不知为什么，嘴巴就不受控制地说了出来，这几年一直思念父亲的情感顿时流露了出来。

"他……"司徒睿的嘴巴说到一个字的时候，马上反应了过来，"你……"司徒睿刹那间有些无奈。

"他的事情，我都知道了。"凌志阳再次看向窗外浓浓的沙雾，它宛若漂浮着的一缕又一缕的思念，浓而不烈。

"对不起，我没能让所有人民得到完整的父母关爱，这是我的责任。"司徒睿坚定地看向凌志阳。

"不，我替我父亲向您道歉。"凌志阳说着，继续解释道，"我父亲被巴特尔星人逼迫……"

凌志阳将父亲告诉他的所有事都说了一遍，不管是对与错，好与坏，全部曝光，讲到最后他说了一声："抱歉！"

"过去的都过去了，你说的是'巴特尔星人'？"司徒睿大声喊道，还不忘用力地拍打了一下桌子，气得站了起来。

"对的，就是巴特尔星人逼迫我父亲，让他窃取人类的情报。我还打听到，我父亲实验室的那块水晶石上的数字，就是巴特尔星人对地球发起攻击的倒计时……"霎时间，凌志阳瞬间激动起来了，他仿佛想到了什么。

"老师，快！快拿台计算机给我！"凌志阳的脸色非常凝重。

"难道说你也想到了？"司徒睿边找着柜子中的计算机边说着。

"假如那真的是巴特尔星人对地球发起攻击的倒计时，那对我们来说是有很大帮助的。"凌志阳看着老师递过来的计算机，顺势接过，拿在左手中敲击起来。

"我六岁那年是 3046 年，那时水晶石的前两个数我记得是 34。今年是 3072 年，再过 8 年，会有一场冰天雪地的严寒降临地球。八年后是 3080 年，我六岁时的 3046 年加 34，且先不管 34 后面的数字，刚好就是 3080 年。"在凌志阳的推算中，一个又一个惊人的细节展露于司徒睿眼前。

司徒睿愤怒地回应道："人类与巴特尔星人无冤无仇，可他们却貌似与我们有血海深仇，非要置人类于死地！"

"这笔账我们迟早要算！"凌志阳握紧了拳头，再次看向了蓝天……

另一边，巴特尔星人正在研究着凌睦和从地球带来的科研技术。

第七章　策划

华灯初上，一个包间内，凌志阳和司徒睿谈论着人类史的惊天大秘密。

"他应该快到了！"司徒睿举起手上的时钟表，看了看，时间是对的。

"咣当！"一声，包间的门被打开了，那是一个身穿黑色西装的男人，头戴着黑色圆帽，还用黑色口罩遮住鼻子以下的脸。

男人走进房后，单手取下帽子，摘下脸上的黑色口罩，露出一张年轻的脸。

"这位就是星织集团董事长王磊？这么年轻！"凌志阳惊叹道，看向司徒睿。

"是的，他就是星织集团董事长。"司徒睿非常欣赏王磊，他创办的星织集团是推动人类文明进步的力量，年纪不大就创下如此盛大的企业。

"您好！您好！"这位年轻人分别向司徒睿和凌志阳鞠了躬，然后找了一个位置坐下。

"不知两位长辈找我有何事？"王磊说着说着，看了一下手机，"现在是 8：26，二位方便的话咱们谈一个小时，到 9：26 的时候我就得回去了，因为我还有点事没处理完。"

王磊刚说完，凌志阳马上应道："在人类史上，8 年后，地球会受到寒冷激光的影响，全球温度直线下降，影响波及整个人类文明。可这次请你来，是想讨论一下 11 年后的一场太阳氦闪，引发氦闪的原因是太阳受到某种激光的干扰。这其中的所有问题你都不用管，只需要帮助我们阻止这道激光袭击太阳就行。"

整个房间忽然安静了下来，王磊思考了好一会儿……

"那为什么联合政府不启动移民计划？为什么不带全人类离开地球？为什么不将全人类转移到另一个类地行星？"王磊的瞳孔猛然聚焦在一个点上，直视凌志阳。

凌志阳顿时感到十分惊讶，王磊竟在这么短的时间便想出应对之策。

"第一，不启动移民计划是因为人类数量太多，有一百多亿人，国际联合会政府不能保证所有人都同意进行移民，可能还会引起人民的暴动，那些不同意的少说也有好几亿人，多则几十亿，还会让人类丢失主动权，转为被动；第二，国际联合会不带人类离开地球是因为并不是所有类地行星都适合人类居住，难道要让人类漂泊于太空之中，还要为了适应宇宙环境进化吗？这是不可能的，国际联合会研究过不同人种的体质，他们的 DNA 很难再次进化，不能通过改变环境使人类转变为其他生物。人体的再次进化，最多就是面部的调整，不可能有更多变化……"凌志阳回答道，双手两掌交叉，眼睛直视王磊。

"那你们需要我做什么？"王磊继续看了一眼时间，8：34，还剩下 52 分钟。

凌志阳和司徒睿对视了一眼，司徒睿开口道："在地球还未受到神秘力量的袭击前，提前研究出一种拥有超强防御能力的系统，能将攻击削弱超过 90% 的防御盾，相信你们星织集团在这 11 年内可以做到的！"

"将这种系统先发明出来，然后进行一年又一年的改进，进一步提升此产品的质量。在地球受到神秘力量攻击的前一年大量生产这种产品，分别安装在 5 万艘恒星级宇宙飞船的前端。除了要研究防护盾，我们对这种宇宙飞船也是有要求的，每一艘宇宙飞船必须配备最先进的装备，飞船的持久动力装置必须能撑 10 个月，记住，是每一艘！而且务必在 7 年后完成任务。还有，每一艘宇宙飞船都至少拥有 10 个座位。"

司徒睿的话刚讲完，又接着说道："政府会组织人数达到 50 万的敢死队。我们的队伍会在 3083 年 1 月份出发，也就是太阳氦闪那年，在太阳的南面 1.5 亿千米处埋伏。每天都要有人值班，观察太阳南面远处的所有情况，当日报告观察数据。"

"就这么定了！"凌志阳兴奋地说道。

可王磊的脸上却露出了犹豫的神情，因为这种防护盾，世界上根本就找不到。这种防护盾还能将攻击削弱 90%，实在是宇宙中很难找到的材料。

想了想，本不想开口的王磊也请求道："长辈，晚辈有一个请求，不知当讲不当讲。"

"说吧。"司徒睿很是客气地回答道。

"飞船续航时长是可以达到一个月的，只要其中的电池能储存足够的能源，达到一两年甚至好几年都不成问题。另外，我代表星织集团请求将南极中央屹立着的金塔交予星织集团，因为它的材料'流金金属'，可以削去对方 95% 的攻击力量。只剩下 5% 的力量，我们还是有很大胜算的。并且，这种材料只要受到攻击，都会 100% 反弹攻击的力量，这非常符合您的要求，或者说超出您的要求。"

司徒睿的目光看向了凌志阳，凌志阳也点了点头。

"那行！"司徒睿答应了，而王磊的脸上也露出了满意的笑容。

"星织集团若想要轻松搬运金塔的话，并不是那么容易的。"凌志阳说道。

"长辈，此话怎讲？"王磊支吾了一句。

"若想要搬运'金塔'，并不容易！因为'流金金属'说重不重，说轻也不轻。我曾经有幸去过那里，并做过研究，如果人类用以钢制成的机器搬运它，它的质量一定会是普通金属的几千倍，会拿它没办法。如果人类用轻柔的羽毛来搬运它，它一定会如同液态水那样轻。"凌志阳的一番话使在场的王磊和司徒睿大吃一惊，假若是别人说出这番话，他们自然不会相信，可从凌志阳口中说出，他们是信得过的。

"所以……"凌志阳接着说，绕了个弯子。

"所以我们要定制一个庞大的羽毛毯，覆盖住金塔，再让高达 200 米的钳夹车从羽毛毯入手！"王磊茅塞顿开，激动地说道。

"对，就是这样！不愧是年纪轻轻就创下如此业绩的企业家。"凌志阳点了点头。

"那合作愉快！"

如果拯救地球和人类的人，被称为一束光，那所有人类都是光，而站在拯救计划肩膀上的人，必定是，曙光。

第八章　建造

时空再次扭转，空间微微一颤，时间顺着空间的扭曲，顺流而下……

星织集团是一个拥有强大武力和科技的公司，不出两天，金塔已经连夜送至总部。

他们先从流金金属的外表入手，进行四个步骤：强行压制分离，切割，改造，制作。

整个星织集团从上到下无一不在忙禄，为了让"金塔项目"能够快速发展，他们在外骨骼机器人原有程序的基础上，开始输入第二道制定程序。

整个星织集团大厅出动了上千个外骨骼机械人，开展搬运、传递资料、合作等工作。

另一边，国际联合会总部已经完全将泥土中蕴含着的铅注入庞大的防御系统中。所有程序都准备就绪，就剩国际联合会召集的敢死队还在急速筹备中。

第九章　命运史（1）

光阴似箭，岁月如梭。

转眼间过去了7年多，这颗让我们挚爱的蓝色星球，已经做好充足的准备。整个陆地上的生物和设备已经完全迁走，不管是植物、动物、人类，都已经做好赴死的决心。之前没有准备的人类遇到灾难时只有恐慌，现在人类已做好准备，期待希望的来临。

宇宙中，那颗蓝色星球上生存着一群人，他们并不能主宰宇宙的兴亡，但并不代表他们就会被命运控制。因为命运的主宰，是他们自己。

2个月后，一座庞大的矩形发射台宛若一座高大的山脉耸立于宇宙之中，它的中枢部分已经汇聚了无穷的能源，仿佛一头蓄势待发的恶虎随时要扑向猎物。

在这座"山脉"的旁边，一个身躯高达百米，头顶立着骇人尖角的男子，它那暗色的独眼兴奋地看着这座发射台。发射台的周围隐隐有空间波动，汇聚的能量打破了空间的限度。

独眼男子抚了抚这座"山脉"，透过超远范围的望星镜轻蔑地朝着那颗蔚蓝的星球说:"不知,你们能否逃过这一劫。'弑神炮'该是发挥你作用的时候了。"

独眼男子轻哼一声,暗色的独眼瞬间变得血红。他毫不留情地敲击了一下"弑神炮",随后,只见发射台前端的发射口中,一股强有力的能量逐渐汇聚起来,发射口的前端隐隐有幽蓝色的光笼罩着,有种在它的身旁都会随时湮灭的气息。

发射口发出浑浊的冲击蓄力声,随即一束激光就准备就绪,只要一声令下,便可让一颗行星灭亡。

"咻!"激光带着危险的气息冲向了那颗蔚蓝的星球,即将引发灾难。

广袤无垠的宇宙中,这束激光的速度超过光速1.8倍,完全进入了新的世界——暗宇宙中。

暗宇宙,是一个无限宇宙,它的存在,是光的另一面镜子。当一个物体飞行速度超过光速时,这个物体就会穿梭进入暗宇宙中。在暗宇宙中,你不会看见任何东西,只有一片黑蒙蒙,任何景物都不再存在。但暗宇宙中是存在暗物质的,自然也存在类似我们宇宙这样的天体,甚至没准还存在诞生于暗宇宙的暗生物。当然,人类目前无法直接观测到暗物质组成的世界,暗物质世界的生物是否能观测到人类的世界,也是存在争议的。一旦你的速度低于光速时,便会回到宇宙中。

这束激光会成为永恒的历史,而人类的兴衰史中,也必定有它的影子……

激光在暗宇宙中穿行,原本的空间被它瞬间破开。激光进入暗宇宙的瞬间,周围的一切就像梦幻中的梦境,景物仿佛被蒙上了一层黑纱,朦朦胧胧,僻静而死沉沉,令人不寒而栗……

激光以15.8倍光速的速度行驶着,并且还在加速,很快就突破20倍光速。它在暗宇宙中穿行了一会儿,很快就冲破一道道地球防线,碾压击碎一切人类设置的阻碍。一道又一道核意面护罩接连被冲破,就像一颗又一颗被轻易穿破的软柿子,毫无反抗之力。每当一道护罩被突破时,所有人的心也像被一刀接着一刀地刺穿。

转瞬间，激光，降临……

毫不留情地，降临……

弱肉强食……

激光即将触碰到蔚蓝的地球，当它快扑进地球内部时，地下城的所有人都接到从空间站的屏幕传递来的消息，人们屏息凝神。那束激光，已然到了。

激光的到来，宛若死神降临一般。虽没真正让人类面临死亡，却让人类明白，人类，是渺小的。

虽有准备，但还是让凌志阳有些愕然，就像明知一件至强之宝的威力是多么的强悍，可真正一见还是有些震撼。

激光不仅仅是物质方面的压制，也有精神方面的打击。激光流星般的光辉闪烁在星空中，触碰到地球的那一瞬间，所有人仿佛都停止了呼吸，就连空气中也一片压抑和死寂。

"轰！"

人们有些绝望，防御罩上的铅竟对激光毫无作用。随后，这道激光就像给地球注射了病毒，地表温度瞬间急速下降，已经超越了人类能够承受的极限，地表的温度渗进地底，只差那么几十米就能波及人类。

虽然是这种结果，但至少保住了人类文明的希望火种。

第十章　紧急联合会议

1年后，敢死队的人数已经达到要求，宇宙飞船也准备就绪，用金塔制造的超强防护盾已经安装在飞船前侧，一切准备就绪。

过了几天，另一束强烈的激光从两光年之外射向地球。地下城的凌志阳和司徒睿再次陷入沉思，地下城的人们也再次陷入绝望。这时，激光已经到达距地球 1 光年以内的地方，但地球的探测器突然检测到，这并不是激光，而是一道伽马射线。这个信息发送给各个部门，地下城的人们也知道了，流言层出不穷：人类已经拿伽马射线没办法了，人类已经没救了……

消息从各个网络渠道传播开来，整个地下城都充斥着恐慌的气息……

射线估计还有 32 分钟到达地球，时间一分一秒过去，无数颗心在不安地跳动。

突然，"滴答滴答……"地下城的警报响起，暗红色的光亮起，紧接着通报了一条紧急指令："警报，警报，警报，紧急情况，紧急情况，紧急情况，请各部门高层前往一号大会厅，请各部门高层前往一号大会厅，请各部门高层前往一号大会厅……"

警报声重复了三次，时间缓缓流逝，高层们纷纷涌入庞大的一号会厅。

一号会厅的主席台上，一个脸色沉重的人矗立在那，是国际联合会秘书长司徒睿。

当高层们都安静下来后，司徒睿才开始讲话："想必大家都知道了，地球即将面临一场浩荡的死劫。地球联合政府的相关人员已经联系外族求救，可还没有收到回应。想必他们不会来了，现在只能靠我们自己。"

高层们连连点头，毕竟身为各族敌视的高等族群，虽赶不上强大族群以及巅峰族群，但被那些高等族群、低等族群和弱小族群视为威胁。人类，只能自强。

司徒睿接着说道："现在，人类只能一搏，我们得庆幸地球外围提前布好的含铅防护罩。但我们还得保持警惕，这些铅不一定能够抵挡伽马射线暴的冲击。此时此刻，已经有流言在传播，说是人类必定灭亡，伽马射线的力量足以让人类灭亡。可巴特尔人并不知道人类还留有后手。

广播部部长通知广播部，发动全部力量将人类还有希望的消息传递出去，别灾难还没到，人心就散了……"

过了一会儿，地下城的各个角落里都回荡着这一通知："亲爱的人们，我们不必担忧这束激光会使地球覆灭。因为，这道激光事实上是伽马射线，我们的前方还有曙光。地球国际联合会政府在前不久已经将大量的铅注入地球最后一道防线中，只要伽马射线暴穿不透这道防线，只要我们能万众一心挺过这道难关，我们还可以携手走向未来！"

"亲爱的人们，我们不必担忧这束激光会使地球覆灭……"

第十一章　超脱命运史

凌志阳的住所中。

他正在研究如何能更好地抵挡所有灾难，可突然，响起一阵急促的警报："警报，警报，警报，紧急情况，紧急情况，紧急情况，请各部门高层前往一号大会厅……"

接到通知后，他马上赶往会厅。路上，他听说伽马射线即将降临地球，轻蔑一笑，他可是知道人类命运的人，之前根本就没有伽马射线，估计又是谁在传谣。等到他到了大会厅时，他才反应过来，传言是真的，这是真的，他们说的居然是真的！

凌志阳愣了一会儿，人类真的要灭亡了吗？

忽然，一个意识瞬间涌上脑海，"对了，铅好像可以抵挡压制伽马射线。"他在赌，赌那地球外表的防御罩上的铅能够阻挡伽马射线。可他自己也知道，他这是拿所有地球人的性命在赌。他开始回忆起来，但脑海中也没有发现之前出现了伽马射线席卷地球的事。可事实却出乎意料。难道，是蝴蝶效应吗？

他找到老师司徒睿聊了几分钟，更加怀疑自己这次穿越改变了地球史，产生了蝴蝶效应，才会让伽马射线出现在这里。

"距离伽马射线来临还有十秒钟，10、9、8、7、6、5、4、3……"

伽马射线冲破一道道防线，正好击中防护罩的铅。一道灿烂的光瞬间闪烁在宇宙中，扩散开来，金色的爆炸光仿佛炸醒了熟睡中的宇宙，最后留下一道深深的影子，宇宙再次陷入一片死寂……

地下城一片安静———

"耶———"

整个地下城突然欢呼起来，所有人都在呐喊，仿佛空间和时间都在为他们的呐喊而颤抖，地下城中凌志阳和司徒睿激动得说不出话来。

一个人的力量虽然渺小，可是人民集中在一起的力量，就是无尽的。时间写下一片历史，记载了地球人的祈祷，也记载了人们对世间美好的向往。

第十二章　闯荡太阳系

在疆域辽阔的人类地下城，一支庞大的敢死队屹立其中。人群浩浩荡荡，每 10 人就有一艘宇宙飞船，队伍的前方隐匿着一个超强防护盾。

整支队伍聚集在一起，融洽和谐，又带着几分别离家乡的惆怅和对胜利的期盼……

几秒钟过后，随着指令员枪响，敢死队的战士们纷纷登上宇宙飞船，紧接着，一艘又一艘宇宙飞船冲向天空，气势宛若滔天的海水，破空而去！

庞大的敢死军团以超光速飞行在暗宇宙中，所过之处纷纷在空间中划出一条条悠长的沟壑，带着一股撕裂长空般的气息……

"还需 18 秒，地球敢死军团即将到达目的地，请所有驾驶员启动应急装备护盾，准备随时应战！"这段话响彻在所有宇宙飞船中，传入每一个敢死队员耳中。

"10、9、8……"敢死队即将到达太阳系的消息光速传到了地球人的耳中，即将胜利的喜悦在每一个人的心中萌动。

"3、2、1！"整支敢死军团陆续抵达太阳，太阳的一侧仿佛被笼罩在一层黑色披风之下，显得更加神秘庄严。

阳光普照宇宙飞船，宇宙飞船反射出的光彩在一片昏黑中更显得耀眼夺目。

第十三章 命运史（2）

一个月、两个月……

一年、两年……

时间流逝，转眼间距离上次伽马射线暴过去了两年零五个月，地球上的人们也渐渐适应现在的生活方式，日常生活变得有规律起来。遥远的外太空中，护卫在太阳身旁的军团也逐渐有了自己的生活节奏，每艘飞船每天都有轮班巡逻，第一批值班人员上来，执行巡逻任务，之后便下去休息，第二批则会接替他们继续巡逻。

一轮接一轮……

每当巡逻轮班时，队员们总会眺望星空，每次看都会被震撼，仿佛心灵受到淘洗般畅快淋漓。

太阳南面 1.5 亿光年外，一支气势恢宏的军队肃立在那里。他们沐浴在阳光下，不，他们本就是阳光，是人民最可贵、最美、最可爱的一缕光。

时间展翅高飞，越过山川流水，掠过平原江湖，转瞬间，人类迎来了最大的一次挑战！

在遥远的一片广袤无垠的星域中，一颗不怎么起眼的行星上，有一个头顶流线型结构的男子，他鼻尖的曲度好似一把弯刀，仿佛要刺破苍穹，他的面部表情似笑非笑，两边的嘴角却是向下弯曲。他的手中还握着一种极先进的通信器，通信器的另一头传来了消息："你这个独行者，东西都准备好了没？"

头顶流线型结构的男子轻轻地说道："布洛克，那事后我的，星币……"

"事后，我会联系我巴特尔族的财务部，将你应得的打到你账上的！"布洛克接着命令道，"上方给的指示是最近一段时间可以动手了。"

头顶流线型男子连声应道："是，是，是。"随后，结束了通信。

只见他将手指上戴着的一枚银色空间戒指摘下，在屏幕上投影出显示着各式各样物品的蓝色影像。其中一台体积巨大的"反吸氢气发射机"高高耸立在屏幕之巅，是储物空间中价值最高的一个。男子看着它，心中总会咯噔一下，这种续航时间短，威力又称得上独霸宇宙的武器，真是镇群之宝的不二之选。

"反吸氢气发射机"通体呈暗金色，前端长长的喷射吸收口非常大，宛若张开血盆大口的巨兽，威慑四方。它不仅起到反吸氢气效果，还可以将任何庞大能量统统吸光。在面临族群之争时，是镇守本族的神物！

头顶流线型结构的男子眨了眨眼睛，眺望北方光年之外，心底的兴奋之火烧得很旺。远处看不到任何东西，只有一片荒凉。人类一方的站岗人员随时观察着南方，流露出锐利的眼神，尽管现在没有危险，但避免意外，全员都集中精力观察着。

如果双方都近距离看到对方，想必眼神中一定会擦出火花……

几个时辰过后，那位头顶流线型结构的男子大笑起来，笑声中只有对人类即将覆灭的喜悦，没有丝毫怜悯之情。

"接受死神的审判吧，哈哈哈哈！是生是死，由不得你们！哈哈哈哈……"

头顶流线型结构的男子大笑几声，手中的红色按钮轻轻一划，"咔"的一声，发射台前端的发射口汇聚的金色漩涡飞扑而去，宛若一条带着强大冲击力的金色巨龙。它所过之处，空间纷纷被划出一条深深的沟壑，余波将空间一分为二。金色的巨龙穿透一切阻碍，仿佛一切阻挡只是一秒的过客，在宇宙中肆意翱翔……

另一边，人类一方的情报网和太阳系军队系统的雷达感应到有强烈能源冲击太阳，且速度丝毫不减，便立即做出应急准备行动。所有宇宙飞船的能量护罩统统启动，一艘艘宇宙飞船形成的幽蓝色防护罩凝聚在一起，瞬间一个超大能量护罩包裹住所有飞船的前方，能量的凝聚度达到完美，所有的幽蓝色彼此镶嵌，就像人们的心彼此相连一样有力量！

太阳外表的军团，每一艘飞船都打开了前方全程录像直播，而另一方，坐在地下城房间内的凌志阳默默注视着屏幕，人类的希望，不仅仅是他给的，还有人类本身的，自己的光……

地下城的街道上，空中突然出现一道虚拟屏幕，大得仿佛能笼罩整个地下城上空。

"妈妈，那是什么？"街道上一位小女孩抬头指向虚空，问道。随后，一群人抬头眺望，妈妈也抬头一看，眼底充满温和。屏幕中的图景显露出的祥和传递到每个不易发现的角落，就连地上一缕不起眼的灰尘也感受到一阵暖意。她回答道："那是奉献者，是保家卫国的战士，也是，我们心中的光……"

小女孩握起妈妈的手，两只圆溜溜的大眼看向妈妈，"那，光是什么？"小女孩粉嘟嘟的小嘴鼓得圆圆地说。

"光是很温暖、很可爱的守护者……"

国际联合会秘书长的办公室内，墙上投放着敢死军团的一举一动，司徒睿的手握得紧紧的，仿佛希望被狠狠地掌握在手中，决不放弃。

虽然他们在地下城不能见到光，可他们心中却有光……

虚空屏幕中，那条金色巨龙逐渐在幽幽宇宙中露面，而后猛地在人们的视角中放大。

金色的光辉宛若金色的国度笼罩天地，笼罩人心。

星空在金色巨龙的吞噬下是那样的璀璨，而在地球人的眼里，却永远不及那守护家园的"光"亮眼。

时间就像雨似的，一滴又一滴地流逝。

金色巨龙距离敢死军团已经不到一光年了，刺眼的光芒渗入敢死军团的心底，仿佛邪恶一瞬间化作金光朝他们扑啸而去。

9000千米、8000千米、7000千米……

3000千米、2000千米、1000千米……金色巨龙猛地飙升，渐渐逼近地球敢死军团。

就在一刹那间，地球上投影屏幕中放射出无限金光，仿佛身临其境，就像自己也融入这场战争之中。而外太空中，"轰——"的一声，金色巨龙撞击在"流金金属"打造的防御盾上，互相摩擦生火，火花四溅，炸响了宇宙的每一寸角落。爆炸声持续了很长一段时间，空间中仿若没了呼吸的波动，就连所有人的心跳声也没了踪迹，时间和空间忽然一静，宛若停止一般，一动不动，空气好像不再流动，世间一片死寂……

金色的巨龙那刺眼的金光化作浓浓金烟四散而去，人们心中的疙瘩也渐渐消失。"耶——""哇——"一系列的欢呼声咆哮起来，虽不如音乐优美，却是饱含激动与泪水的化身。光，带来的幸福和爱……

第十四章　回归

街道上欢呼雀跃，激动的欢笑声犹如一个又一个音符，徜徉各地。

凌志阳和所有人的脸上满是喜色，仿佛将开心用时间写在了脸上。

回归那处顶楼，凌志阳和老师司徒睿相聚同一时空："老师，我的任务做到了，我得回去了！"凌志阳双目直视司徒睿，眼中饱含泪水，虽不是面对死亡，但也有些面对离别的伤心。

"又不是不见了，哭什么……"一向正直的司徒睿眼中也有些疲惫，面对灾难，他和自己的学生携手攻克难关。

聊了几句后，凌志阳来到穿越之地，在脑海中启动穿越之门。随后，他身穿雪白量子战衣，紧接着，一股强大的吞吸力充斥全身，和上次一样，两三个呼吸过后，他发现自己又处于一个五维空间里，一个彩色的漩涡将他再次卷入其中，强大的引力波动用力拖住凌志阳，"咻"的一声，画面突然一转，凌志阳来到了"莫比乌斯环"的上方。

他想，他永远不会忘记前一秒、前一分、前一时、前一天、前一月、前一年、前一时空……

外面还是夜晚，正是人们热爱的夜宵时间，外面热浪翻滚。从灾难中浴火重生的人们，他们永远庆幸，庆幸背后是光。

此时此刻，还有一大批宇宙飞船轮流停泊在太阳南面 1.5 亿光年外，他们永远沐浴着光，永远是人们心目中的光……

太阳光可以温暖全身，而他们奉献的光，却可温暖心灵……

星　程

王艺博

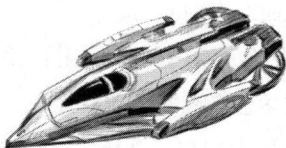

第一章　未知的探索——无法映射的暗元素

有人不曾窥视全貌竟妄图移平高山，有人不曾见过宇宙竟试图述说它的无垠。

高山亦会移平，宇宙不曾无垠。

你觉得天空是什么？你认为宇宙是什么？

天空是未来。宇宙是大地。

你不了解宇宙。

宇宙也不了解我。

你会在宇宙中迷失。

我只会在迷失中踏过大地。

……

贾斯汀缓缓睁开了眼。雪白的天花板积压在他眼前，他晃了晃脑袋。他撑着身躯坐起来，大脑渐渐通透，他想起了刚刚的梦，轻笑一下。他弯下腰，双手捂住眼睛，感受从手掌中传来的温度，享受为数不多的安宁。

很快，他预想中的声音传了过来。

"请中控室全体常驻成员立刻前往中控室，请中控室全体常驻成员立刻前往中控室。"

广播像锥子一般刺入他的耳膜，他从鼻子中长出一口气，多坐了一会儿，才起身走向门外。

走廊，地面被涂成绿色，天花板被涂成蓝色，两侧的墙壁和室内的颜色一样，白色。贾斯汀一边清醒着自己的大脑，一边将左手的中指和食指交叉起来，他的眼前出现了一个屏幕。

他们称这个屏幕为面板，大脑会借助它来处理信息。

屏幕上一开始是空白的一片，很快，上面出现了一个个文件夹，文件夹的下方有名字，贾斯汀眼神扫过不同的文件夹时，他的脑海中能清晰地浮现出每个文件夹的创建时间。贾斯汀一边走着，一边浏览文件夹，文件夹在迅速地减少，到最后只剩下一个。

贾斯汀看着那个文件夹，他的大脑告诉了他时间：1个标准日前。

就是这个了，他想。接着，他点开了文件夹。

文件夹上的名称栏上写着"BH623K466"，下面是一些数据和资料。

贾斯汀看着数据深深吸了口气。

"这都是些啥啊。"他以自己能听见的声音说。

……

科研部针对 BH623K466 星系的调查报告 266.10.2

负责人：周温月、贾斯汀

在 266.9.2 报告中，已经对该星系中的四颗星球做出简单评估，现在根据远洋号超光导物质映拓系统的信息，该星系内的恒星（B623-0）为 0 类单恒星，主要元素为氢和氦，处于主星序阶段后期，目前无转为红超巨星的征兆。在该恒星的读数中，我们发现了部分未能识别的数据，后续我们会对这些数据进行深度解析，同时优先对该恒星进行研究，收集更多与这项异常有关的数据。

星系内的三颗行星目前分别标记为 B623-A、B623-B、B623-C（见附录12），其中 B623-A 距离单恒星最近，B623-C 距离单恒星最远。接近后，我们会对行星上的物质年龄进行分析，推断出星球大致的形成时间，与恒星物质的数据对照进行对该恒星系统年龄的推测。据此，我们可能需要异构碳化石墨钽铪合金（Ta_4HfC_5）。

星系内可能含有大量无法映射的暗元素，我们将需要申请一个探空点来对这些暗元素进行研究，届时我们会向材料部申请 R5 级实验室的使用权限。

我们在 266.9.2 里已经提到过该星系与我们以往遇见的星系的不同，在这一个月的时间里，除了发现 B623-0 恒星的异常数据，我们还在 B623-C 行星的映拓上找到了一些罕见数据，根据经验，我们从未在任何类地行星或者改良型类地行星外发现类似的数据活动，仍需做进一步的调查。

……

第二章　风暴深处的"异类"

机长寝室。

室内并不大，进门第一眼就会被靠在左墙边的陈列架吸引，上面陈列着远洋号所拥有的荣誉，房间中间有一个大桌子，"星星"此时正飘在桌上，形成星图，此时的星图上有一颗蓝色的恒星和围着它旋转的三颗行星，蒋欣玮正站在桌旁看着这片星图。进门的右手边有一张床，床头有扇窗，窗外的漆黑一眼看不到头，只有几颗繁星点缀其中。

蒋欣玮看着桌面上的星图，星图的上方有一串序号：BH623K466。

"你好，蒋欣玮机长，梁姜正在外面等候。"一个声音传进了蒋欣玮的耳朵里，周围明明没有其他人，这个声音却以适中的音量出现，因此不显得突兀。

"让他进来。"蒋欣玮说。

卧室门打开，门前站着的人戴着眼镜，远望过去有些消瘦，脸上带着淡淡的倦意。

"还有多久？"蒋欣玮双手按在星图上，抬起，将那片星图拉起到空中，到自己面前。

梁姜将眼镜放入胸前的口袋，走了进来，房门在他身后关闭。"我们距离 623K 星系还有 0.264 光年，预计 3 分钟后进入星系轨道，我已经发集合通知了。"

"我知道了。你的眼镜今天用了多久？"蒋欣玮抬头瞥见眼镜露出的一角，微微皱了下眉。

"最近要记的事情有些多。"梁姜说。他看着眼前的星图，将拇指、食指和中指按在一起，在三维图像的左下角标了个点，"我们在这里，科研部给出的结论是，这种行星状星云是由一颗超大型的超新星爆发留下来的，爆发规模和现存的地球资料中 301 年前观测到的 SN2016aps 超新星的爆发很像，星云内的小行星带属于同一时期的产物。目前仍不清楚为什么星云内会有 O 类单恒星和三颗在轨行星，目前有的几种假设都被远洋号排除了，没有意义。周温月希望等我们进入星云内再进行研究。"

蒋欣玮左手中指和食指交错，调出自己的面板，面板上显示出科研部发给他的文件。

梁姜注意到蒋欣玮的动作，面板只能由使用的本人看见，但根据情景可以简单推断出对方要做什么。略加思索后，他说："周温月的想法是先从 O 类单恒星开始，收集恒星内物质的数据，通过对星球上物质年龄的分析推断星球生成的时间，这样可以知道这个单恒星系统的存在时间，她想请求一个探空点，对该空间的暗元素进行研究。"

蒋欣玮翻到文件的署名页，上面显示了两个负责人：周温月、贾斯汀。

蒋欣玮问："贾斯汀是不是又没有提交自己的报告？"

梁姜："是。"

蒋欣玮说："知道了。我们的燃料还有多少？"

梁姜说："大概还可以维持 41 个标准时，根据科研部的报告，最里侧的那颗行星 B623-A 有足够的能源作为补给，后面等进入星系轨道后，我会和能源部验证可行性。"

蒋欣玮没有对梁姜做出回应，他将自己的重心放在手上，撑在桌沿上。

"你还记能源部的事情？"蒋欣玮说。

梁姜明白他想说什么，轻声叹了口气说："这也是我的职责。"

蒋欣玮又抬头看向星图，支起身子，抬手在桌面上点了两下，横在梁姜和他之间的星图退回到桌面上，消失了。

蒋欣玮说："任务结束后去提交一份休假申请吧。"

"你也是，机长。"梁姜说。

蒋欣玮轻闭了下眼，这让梁姜更注意到他发黑的眼圈。接着，蒋欣玮微微摇头，走了出去。

梁姜又叹了口气，从口袋里拿出眼镜戴上。他跟上蒋欣玮，中指和食指交错，眼前浮现出一行行字，显示着后面的注意事项。注意事项并没有直接显示在眼镜上，而是呈现在他枕叶的视神经上。按照蒋欣玮的习惯，接下来会去中控室宣布探空点，他需要把之前准备好的数据再在脑海里过一遍，以确保一会儿的数据万无一失。他知道蒋欣玮一般不会出错，不过这个习惯让他得以走到今天的位置。

蒋欣玮和梁姜走进中控室，主控室一眼望去十分宽敞，布局简洁清晰，左边是通信台，负责对外联络和下达二级指令，由刘黎负责。中间的前端是驾驶台，有一套完整的天控系统，由领航员李润祺负责，可以看见星盘外的所有视野，中间的后端有两个一前一后的座位，分别是留给蒋欣玮和梁姜的。右边则是汇报台，是学者进行汇报和对接的地方，坐着周温月和贾斯汀。

在蒋欣玮他们进来时，贾斯汀正面对着周温月说些什么。周温月抬头看见蒋欣玮进来，深深地点了两下头，然后说："你刚刚说什么？"

"温月姐，专心些。你看，机长肯定又要给我布置些听起来就很有意思的工作，比如：了解空间引力波异常情况，估计有好几个冷质温质热质，肯定有你的研究方向；分析星球土质，探测行星结构，恒星能量，然后根据这些还得完成报告；还原超新星爆炸范围，爆炸前星球结构，星云构成检测……所以我想，温月姐，你看，咱这次这个星系就先交给你，我就挂个名儿排在你后头，不仅如此，我还能给你带两顿饭，怎么样？要用咱星盘上的机器人价格可不便宜，我这儿是免费的。"

贾斯汀手也没闲着，在身前为自己的这段话做着拟态性的说明。

周温月的脸上流露出一线笑意。

"你确定？"

贾斯汀说："当然，温月姐，我还不懂你吗？科研这方面的热情谁能比你高。"

"确实是。"周温月维持着笑意，抬眼看向已经站在他身后的两人。

蒋欣玮的手搭到贾斯汀的肩膀上，贾斯汀身体一颤，慢慢回头看向蒋欣玮。蒋欣玮笑了一下，拍了两下贾斯汀的肩，再转身走向自己的座位。

贾斯汀立刻转身，扶住椅背，向着蒋欣玮说："机长！研究报告都发过去了，你看咋样？"

蒋欣玮坐到座位上，将左手放到面前的桌面上，并没有抬头看贾斯汀。

"贾斯汀，为什么你们想把第一个探空点设在那一颗气态巨行星上？"蒋欣玮问。

贾斯汀短暂地回忆了一下，一拍手，接着说："那颗巨行星能有啥好看的，要想了解一个星系的年龄肯定得从恒星开始。那颗 O 类单恒星，对吧。我说的没错吧，机长！"

蒋欣玮在桌面上调出星系信息，说："恒星勘探设备你向材料部申请就行，我现在想知道为什么需要用到 R5 级实验室？你们目前对暗元素准备开展的研究是什么？"

贾斯汀听闻顿了一下，抬起头看向周温月。

周温月瞥了一眼贾斯汀，说："我们会使用粒子对撞机来对指定坐标所包含的暗元素进行标记，来确认该空间的主要暗元素与其暗物质成分，以及通过间接对撞了解暗物质的性质。因为这项实验性质特殊，我们会乘坐副机携带 R5 实验室脱离远洋号，以保证远洋号本盘的安全。"

梁姜收起了"注意事项"选项卡，现在的情况和寻常并不一样。

"我不可能批准类似的实验。"蒋欣玮说。

"我知道。"

"为什么继续申请？"

蒋欣玮抬眼看向周温月，周温月神色如常，没有躲闪他的目光。周温月双手背在身后，腰杆撑直她的身板。

"我认为实验需要面对风险。"周温月说。

"你要面对的是要押上整个科研部所有成员的性命，不是面对什么风险。"蒋欣玮的眉头皱起。

周温月继续说："我知道，但我相信所有科研部的成员都在期待这项实验和它的成果，针对暗物质的研究已经遭遇瓶颈，我们需要承担这项风险。"

蒋欣玮还想说些什么，被梁姜打断了。

"温月，你应该知道这个实验的风险评估是多少，你应该也知道能主导这项实验的，整个宇宙也没有几个，别让我们太为难，我们损失不起。先坐回去吧，如果这项实验经过重新设计，安全性能得到保证，我们会重新对其进行评估。"梁姜说。

周温月没有对梁姜的话作出回应，她只是默默地坐回了座位上。

梁姜不引人注意地叹了口气。

就在这时，领航员说话了。

李润祺的声音传来："已经进入星系轨道，请指示。"

蒋欣玮稍稍舒缓了一下自己的情绪，打开面板，开始布置任务。

了解 B623-O 为首要任务：了解其物质构成和能量结构，由无人机进行勘探，并发送至科学会本部。

布置 B623-B 探空点，设立副机基地，对该地区的暗物质进行分析。

检查 B623-A 的能源结构，收集可用资源。

对 B623-C 的异常情况进行调查。

待蒋欣玮说完，抬头冲着贾斯汀点了下头。

贾斯汀看到，便站起来看向观察窗的外面，蔚蓝的恒星闪着耀眼的光芒，三颗行星萦绕在它身旁，用自己显得羸弱的身躯将它的光芒洒向宇宙各处，在它未曾注意到的角落歌颂着它的伟岸。

他弯下腰，轻声对周温月说："走吧？"

……

附录 12
B623-A

平均密度 6.427 g/cm^3　直径：8420 km

表面温度：−21K ~ 7791K　反照率：0.098

视星等：−5.48 ~ 3.25　自转周期：86.7 标准日

半长轴：0.4731 A.U.　离心率：0.287724

公转周期：132.4547 标准日　平近点角：74.796°

轨道倾角：7.00487°　升交点经度：48.331°

体积：8.083×10^{10} km³　表面积：10.68×10^{7} km²

近恒点幅角：29.124°　近恒点：0.707499 A.U.

远恒点：1.255670 A.U.　转轴倾角：0.034°

角直径：6.2"~15"　质量：6.1021×10^{23} kg

注：B623-A 外壳主要构成为硅酸盐，推测内部有足够大的铁质内核，内核主要构成成分为铁、镍、硅酸盐。我们发现该恒星内有大量未经开采的反氢物质，可以作为星盘的燃料补给。

B623-B

质量：6.4171×10^{23} kg　平均密度：3.9335 g/cm³

直径：6779 km　表面温度：−63 ℃（210.15 K）

逃逸速度：5.027 km/s　反照率：0.25（球面反照率），0.17（几何反照率）

视星等：−2.94 ~ 1.86 等　自转周期：24 小时 37 分 22.7 秒

半长轴：1.523679 A.U.　离心率：0.09341233

公转周期：686.971（标准）日　平近点角：19.412°

轨道倾角：1.850°　升交点经度：49.558°

表面重力：0.3794 g　同步轨道高度：17031.568 km

近恒点：1.382 A.U.　远恒点：1.666 A.U.

平均公转速度：24.007 km/s　赤道半径：3396.2 km

极半径：3376.2 km　赤道自转速度：868.22 km/h

转轴倾角：25.19°

B623-C

（因数据异常，我们对其进行了更详细的映拓。）

质量：2.04×10^{27} kg　平均密度：1.867 g/cm³

直径：204312km　表面温度：−169K~546K

逃逸速度：69.5 km/s　　反照率：0.243（球面反照率），0.42（几何反照率）

视星等：-4.5 ～ -2.6　　自转周期：赤道 10（标准）时 26（标准）分 11（标准）秒，两极略长。

半长轴：5.19 A.U.　　离心率：0.048775

公转周期：11.8618 年　　平近点角：18.818°

轨道倾角：1.3053°　　升交点经度：100.55615°

偏心率：0.048912°　　远恒点：8.275681 A.U.

近恒点：7.254726 A.U.　　平均公转速度：43568 km/h

平均半径：96492 km　　地心吸力：3.2g

极半径：66,854±10 km　　扁率：0.09327±0.00013

表面积：$8.1216×10^{10}km^2$　　体积：$1.9567×10^{15}km^3$

表面重力：34.79 m/s^2　　表面气压：20~200 kPa

注：其大气成分含有氢气、氦气、甲烷、氨、重氢、乙烷、水等。内核构成主要元素为钽和铪，含有少量碳等元素。异常数据为地面活动拓印，我们在对地表映拓的同时，注意到该星球阳面除去风暴等大气或地质活动后，地面仍含有少量不正常异动，不能排除因距离原因导致映拓失真。

……

"温月姐，去吃饭吗？"实验室内，贾斯汀瘫在椅子上，按着自己太阳穴问道。

"你先去吧，我这里还有一点。"周温月说。

贾斯汀转动自己的椅子，让自己面对周温月，微微侧头表达自己的不理解："远洋号不是还在对 B623-C 进行影像的拍摄，这会儿你还忙啥？"

在周温月面前，一个高过她半身的机器正竖在那里，机器不断发出浑浊厚重的嗡鸣声，这在这个时代是极罕见的情况。透过观察窗看进去，里面似乎什么都没有，但观察窗上一直滚动的数据却传达出不一样的事实。

周温月没有理会他，而是聚精会神地望着观察窗，似乎透过这个窗口她能看见些什么。贾斯汀张了张嘴，似乎还想说些什么，话到嘴边又咽了回去。

这个时候的周温月是听不见其他人说话的，贾斯汀总是调侃说她有一个自己的世界，每次遇到和暗物质有关的事儿就会掉进去，怎么拽都拽不出来。

他不止一次对周温月这种专注进行过批评，但每当周温月进入这种状态时，他又总是会抬头望着她看一会儿。

他也明白自己的批评听起来更像是羡慕。

"多少人一辈子就这样陷里头了，你这人是有点儿狠。"贾斯汀装模作样地轻声叹了口气，转头看向周温月的机器，自言自语道。

机器上的嗡鸣声渐渐拉长，低沉，直到消失不见。贾斯汀隐隐有些期待，如果数据能达到 1，他将是历史的见证者。

当 E 值突破 1 的时候，则意味着人类成功完全理解了所有暗物质中的一项冷暗物质，而这意味着人类打开了这片宇宙另外 80% 的大门。

机器上滚动的数据停止，E=0.9356。

当然，这是谁都知道会出现的数据。周温月的表情没有改变，抬手又想在机器上输入些什么。

"温月姐，晚餐别忘了吃。"贾斯汀抓住这短暂的时机说。

"好，等我忙完最后一点儿就去。"周温月说。

贾斯汀没再说话，周温月的意思大概就是晚上不打算吃了，他只得自顾自地向食堂走去。

他在食堂找了个位置坐下，不一会儿功夫，一个头上是半个黑色罩子的机器人向他走来。用"走"似乎并不准确，它的移动完全依靠的是脚下的轮子。

"你好，贾斯汀。"机器人说，它的罩子升了起来，露出里面贾斯汀预定的餐饮。

贾斯汀一边取出自己的晚餐——一顿没什么营养但足够好吃的复合快餐，一边问："你好，贾维斯，你从什么时候开始回来工作的？"他偶尔喜欢模仿机器人预设的方式说话，当初为了能更好地把它们和碳基生物区分开来，人们特地保留了一些语言功能上的缺陷，且因为没有改进的必要，这项缺陷便一代代保留了下来。

"我休息了好长一段时间。今天早上医生才把我拼装好，所以我就赶快回来赶工了。"贾维斯说。

"咋不考虑多休息两天？"贾斯汀问。

"因为我们比你们更加理性。"贾维斯说。

"我真是爱死硅基生命了。"贾斯汀笑着拍了拍贾维斯的头，"一点儿不怕自己吃亏。"

"你的课题研究得怎么样了？"贾维斯转动身体，用滑轮滚到贾斯汀桌子的对面，面对他。

贾斯汀猛咬了一口手中的食物，嚼了两下，接着说："还那样呗。"

贾维斯说："如果没错的话，你又换课题了。"

贾斯汀张嘴刚想说些什么，正巧食物落在了会厌上，嗓子一紧，接着剧烈地咳了起来。

"正打算说些什么。"贾维斯适时地补上一句。

"我又猜对了？"

"不是，不是，我看起来像是那么容易放弃的人吗？"贾斯汀的手在自己面前来回摆着，没有看贾维斯，低头会让自己的嗓子好受些。

"我认为……"

"停，停停，你不还得去忙吗？"贾斯汀拿着饮料的手伸出一根手指指向柜台，"那么多事儿还等着你，你还搁这儿和我聊天。"

"嗯对，还有件事，我看过科研部这两天收集的资料，有些好奇，针对 B623-C 星球上的那项数据，我搜索了部分资料。这是否意味着有地外生命可能存在？"贾维斯问。

贾斯汀听罢，喝了一口饮料，看向贾维斯。"现在，我们还没有得出结论，怎么突然问这个？感兴趣？"

"我在被关闭期间接入内网时看到过。根据活动轨迹我想是生物。"贾维斯说。

贾斯汀摇了摇头。"不，这种轨迹只能说和生物很像，像一个生物在散步。但实际上也只监测到过一次这样的轨迹而已，很快也消失了，再剩下的东西就全是大风暴。"

"这个轨迹除了是生物，还能是什么？"贾维斯问。

"类地行星一般的特点是体积小，质量小，表面温度高，平均密度大，但是这颗行星不一样，质量大，温度高，甚至不属于类木行星，他没有行星环。这意味着这块区域从来没有陨石飘过，这是非常非常罕见的情况。这可能是一个我们从来没发现过的星种，这种像生物散步的活动轨迹如果不是映拓失真的问题，我推测也有可能是某种全新的物质引发的活动，这种物质可能密度小，质量小，可塑性强，而且耐高温。这些还是得等远洋号反馈回来的影像才能确定。"

贾维斯一阵子没有说话，看起来像是在消化这件事情。贾斯汀没再理会它，专心处理眼前的食物。这次的航线让他产生了些兴趣，近些年来的瓶颈已经让他有些厌倦，他需要一些东西，能让他感到新鲜、刺激，重新燃起对这个领域的希望。他常常想去隔壁搞搞艺术，这些年，艺术正是你方唱罢我登场，新的星球新的文化刺激着一批批艺术家的神经，他这段时间读了许多这方面的论文，越看越觉得像如今一潭死水的科学界，干脆找个时间办个葬礼算了，完了大伙儿还能一块轰轰烈烈地跑去整艺术。多热闹！

等会儿，你方唱罢我登场能用在这儿吗？贾斯汀又想。

正当他思索之际，面板收到了一张图片。没有多想，贾斯汀将左手中指和食指交错，将图片打开，仔细一瞅，伴随着一声尖叫，他整个人直接蹦了起来。

那张图片是远洋号发给他的，几乎与现实无异的分辨率让其中异样的东西显得更加扎眼。图片展示的是在 B623-C 上发生的一场超级风暴，这本身没什么，毕竟这样的气态巨行星上什么时候没有超级风暴了才算稀奇，这张图片的一个不算起眼的角落被远洋号标记了出来，而那就是让贾斯汀跳起来的东西。

这场风暴的旋涡露出一个角落，在那个角落中，密密麻麻地竖着一群"杆子"。

它们整齐划一，像是有组织纪律地竖在一块，它们身处风暴，甚至并未感觉到风暴对他们产生了任何影响，风暴除了像遮罩层一样在这张图片上覆了一层薄膜，没有任何迹象表明它对这群"杆子"造成了无论哪种意义上的损伤。

叫"杆子"可能并不准确。贾斯汀脑海中第一个蹦出来的词是"胶囊"。太像胶囊了，两头圆中间宽，除了表面存在着没有任何人工干预迹象的褶皱，这就是一个个大胶囊。

"我想认识这个。"贾维斯说。

"什么？"贾斯汀一时没有反应过来。

贾维斯却没有理会，留下这句让人摸不着头脑的话后便离开了。

也就在这时，贾斯汀收到了来自科研部的紧急会议邀请，发起人是周温月。

当贾斯汀赶到会议室时，他的手下小李已经坐在那儿等着，他的对面坐着的是材料部部长龚欣莹、副部长张恒及小林。

贾斯汀坐到小李旁边，龚欣莹开着面板看了眼时间，挠了挠头发说："温月姐又迟到了。"

贾斯汀赔着笑，回应道："没办法，一个人忙两份工作肯定挺忙。"

"这次星系的映拓不会又都是温月姐做的吧？"龚欣莹把一边的眉毛拧了下去，看着贾斯汀。贾斯汀摇着头摆着手，抿着嘴含着笑，没有给出正面回应。

"你啊，好歹也是个首席学者，还是多帮着点儿温月姐才好。"龚欣莹的语气中透露出无奈。

很快，周温月大踏着步走了进来。

"对不起，我来晚了。分析图片花了点儿时间，来，看投影。"她一边说，一边抬手在桌面上点了两下，很快，那张让贾斯汀蹦起来的图片从桌面中间投影了出来。

"刚刚和远洋号对这张图片进行了简略分析，首先可以排除异常介质的干扰，目前最合理的推测是，可能有智慧生物对它们进行了排序，原因不明，目前也无法确定这种物质的属性。"周温月说。

"等等，不能对这种物质进行映拓吗？"张恒问。

"这颗星球有点儿复杂。"周温月打开面板，同时将手点在桌面上，桌面给出了数据流出的视效反馈，然后升起了一个投影——B623-C 的投影。

"我和远洋号提出过映拓，但它不认为我们能准确映拓出这颗星球的图像。现在，你们看到的是我们在 10 标准月 2 标准日的科研报告中给出的拓印影像，在这个时候包括数据映拓还是清晰的，因为距离问题，不可避免地有所失真。而这是我前两天要求远洋号映拓后得到的图像。"

周温月的手依旧连接着桌面，B623-C 的投影突然变得模糊，变成几个较大的色块堆在一起。

龚欣莹略微皱眉，手撑在桌面上，半掩着自己的嘴唇。"在例行检查中设备都是正常的。"她说。

周温月点头，说："远洋号自检也没有发现任何问题，映拓的三个大程序，无论是模拟还是重构，都是在远洋号内部完成的，所以如果自检系统没出问题，问题就只可能出现在远摄上。"周温月说。

"我盘远摄使用的镜头是 LSC6640，这个镜头目前应该是没有已知的自然物质能够在有效距离内阻止的。科研部有什么发现吗？"龚欣莹问。

周温月摇了摇头，继续说："这就是我们想要弄明白的事情。"

龚欣莹的手插在后脑的头发上，撑着脑袋，感受着头皮传来的微微刺激，一边看向桌面上的那张图片。

"你想要近距离对这颗星球进行观测？"龚欣莹抬眼看向周温月。

周温月微微点头，说："科研部认为需要由异构碳化石墨钽铪合金制成的宇航服，这也是我们来找你们合作的原因。"

龚欣莹看着面前的"色块"，好一阵没有说话。

"无人机可不可以达到同样的效果？"龚欣莹问。

"我们考虑过。"周温月说，"首先是信号问题，这颗星球的大气里存在会阻断信号的杂质。其次，无人机降落后难以自行应对底下的复杂气候，有人类在旁边协助会更好。"

龚欣莹听罢，接着说："这样，你给我发送一份之前映拓的数据吧！你们想让几个人下去？"

"四到五个。"周温月说。

龚欣莹点头："异构碳化石墨钽铪合金的存量确实不多，所以我们可能会先考虑一下其他可替代材料。实在不行只能用这个的话，可能我们只能做出七个宇航服，悠着点用。"

周温月点头，轻点两下桌面，将会议室内所有投影关闭。

"那就先到这里了，我现在把数据发过去。"周温月说。

会议结束后，贾斯汀和周温月回到了实验室。贾斯汀坐到椅子上，又打开了那张图片。

贾斯汀明白这张图片对他的意义，如果最有可能的猜测正确，那就意味着学术界可能将迎来一次新的地震。如果真的是生物，一个不属于地球的新的生物，面对一个能在高温高压环境下生存的地外生物，拥有和地球生物可能完全不同的思维方式和环境，相互交流、相互碰撞究竟能产生多大的火花？只是想想就让他心底的火苗重新燃烧了起来。

就在这时，他收到了周温月发送给他的一份材料。

"这些是现在收集到的所有材料，你记得这两天找时间看看，我得准备过两天的探空工作。"周温月说。

"你不下去？"贾斯汀问。

周温月走向自己的实验桌说："我要建设调查暗物质的副机基地，很忙的。"

贾斯汀没有接话，将材料打开。

周温月抬手在桌面上点了几下，一个面板浮了出来。输入数据，开始模拟，按理来说流程应该这样。周温月这次却迟疑了下，她闭上眼，微微皱眉，再睁开眼时才动手将数据输入。

"你干吗非得守着一个突破不了的项目？"她刚上班时贾斯汀就问过她这个问题，那时候她给出的答案是：我不认为存在解决不了的问题。

她至今仍然这么认为，她也从来没怀疑过，但这么多年过去了，她产生了一些额外情绪，这份情绪让她在实验中偶尔会出现这样的迟疑。

浮躁，这是她给这份情绪的定义。

愚钝，这是她给这份情绪的答复。

……

针对 B623-C 的异常至 266.10.7 标准时间 14：53 的调查汇总
B623-C

以下是早先已经调查出的基本数据，因目前仍未知悉映拓的故障原因，故暂时仍使用该项数据。

B623-C 基本数据链接

针对异常地面活动，我们通过设备（HCCD64721）完成拍摄，发现疑似异动成因。

图片链接

因该图片显示异动似乎与风暴气旋存在关联，故我们针对该星球各

风暴的各项数据进行重新整合,以下为整体分析结果:

1. 具有流体质点与周围流体混乱掺和现象,迹线为极度混乱的无规则脉动。

2. 风暴内气体流速呈现不规则性。

3. 流动的最小时间尺度与最小空间尺度均远大于分子热运动的相应尺度。

4. 脉动具有很快的频谱。

5. 非线性机理不断产生越来越小的涡旋,形成从大到小的涡谱系。

6. Kolmogorov 尺度极小。

7. 具有很强的三维涡量脉动。

8. 动量、质量和热交换的速率极大。

……

26. 能量耗散率与能量传输率相当。

27. 在最小尺度涡的脉冲中,能量不断被黏性转化为热,且不会进一步出现更小尺度的运动。

目前已知风暴均可以确定为常规湍流,未查明照片中风暴是否具有特殊性,远洋号对该风暴进行解析时表达过该风暴中流体可能具有规律,出现伪湍流现象,目前未发现已知风暴内存在这种规律,待映拓问题查明后会进行进一步的调查。

……

第三章 "它们"不欢迎外来者?

蒋欣玮在机长寝室。他左手中指和食指交叉,靠在椅背上,闭着眼坐在桌旁。

他曾离开过远洋号一段时间。

远洋号在他离开后由梁姜掌权，但较为温和的梁姜并不适合坐在这个位置上。正巧那段时间星盘的一次紧急会议中，梁姜的意见和部分人产生分歧，由于不够强硬，导致那场会议被拖了好几个月，哪怕最后证明梁姜的想法确实兼具效率与质量，这场会议也将隐藏的问题摆到了台面上。其间，梁姜、贾斯汀和刘黎只能尽力维持着盘内仅存的秩序，直到蒋欣玮回来后将领航员换成李润祺，再招募了周温月后，盘内局势才慢慢好转。

到这里，没有人知道他内心深处的想法，哪怕是梁姜也只能猜测一个大概，而无法知悉全部。

"机长，梁姜在外面想见您。"远洋号的声音响起。

"让他进来。"蒋欣玮睁开眼将椅子转向门口。

梁姜走了进来，说："机长，科研部那边申请的材料审批通过了，经过对原有材料的优化，现在正在赶制宇航服。派出的无人机已经进入恒星轨道进行探空。贾斯汀还在盘内对 B623-C 进行研究，周温月在忙她的项目，现已离舰。"

"第几天了？"蒋欣玮冒出一句没头没脑的话。

"这是我们来到该星系轨道的第四天。"梁姜说。

"让材料部尽快把宇航服做出来。他们用的是什么材料？"蒋欣玮问。

"异构碳化石墨钽铪合金，预计两天可以制作出来。"梁姜说。

"嗯，我知道了。"蒋欣玮说。

"这次星系给的时间会不会太短？根据经验，想完全查明一个单恒星系统应该至少需要一年半。"梁姜问。

"是我申请的时间。"蒋欣玮说，"结束后剩下的星系交给后续接手的人，对我们来说，一年够了。"

梁姜仍有些不理解："机长，我们这次不把星系完全探明吗？"

蒋欣玮陷在椅子里，手肘撑住扶手，手臂拦在自己身前，抬眼看向梁姜。梁姜注意到蒋欣玮的眼神，和离盘前完全不一样，眼底像是少了些什么。他很早就注意到了这点，但一直没想明白究竟少了什么。他在警戒自己？梁姜根据蒋欣玮的动作，有些不敢相信自己的判断。

良久，蒋欣玮低下头，看向桌面。"梁姜，我有些害怕。"蒋欣玮说。

梁姜没有说话，等待蒋欣玮继续说下去。同时，他也有些惊讶，哪怕在远洋号撞上陨石时，蒋欣玮也不曾表露过这种状态。

蒋欣玮似乎不想再解释下去，示意梁姜离开。

梁姜走出门之后才意识到，蒋欣玮似乎不只是在警戒自己，他是在警戒这片宇宙。

另一边，贾斯汀正翻看着手上的资料。映拓装置目前仍然没能排查出设备问题，根据目前的线索，只能说明问题出在远摄上。

远洋号的远摄是通过镜头 LSC6640 定位，再通过发射不同数量的电子面向不同区域。根据玻姆理论，基本粒子能为中心发散出一种势场，使它每时每刻都对周围的环境了如指掌。

当一个电子向一个双缝进发时，它的量子势会在它到达之前便感应到双缝的存在，从而指导它按照标准的干涉模式行动。如果实验者试图关闭一条狭缝，无处不在的量子势便会感应到这一变化，从而引导电子改变它的行为模式。而 LSC6640 与其说是镜头，不如说是一个电子发射器，通过释放大量的电子，人为制造了一面量子态的墙，在感应到周围"缝隙"的改变后，和 LSC6640 内部本身的电子实现纠缠，以此实现对远距离电子的结构复制，也就是映拓。

像现在这种映拓模糊的情况极其罕见，尤其是升级到 66 系之后，之前的映拓失败可能是由于"量子墙"被复杂的量子环境干扰，也就是出现了量子退相干。

往常的从 20 系到 50 系的量子退相干现象，其实早在 AD1987 年就找到了原因。

1. 照射粒子束于刻有两条狭缝的不透明板，然后确认在探测屏出现了干涉图样。

2. 观察粒子通过的是哪条狭缝，在观察时，必须小心翼翼地不过度搅扰光子的运动，然后，证实显示于探测屏的干涉图样已被消毁。这一步骤显示出，干涉图样是因为有可能获得路径信息而被销毁。

3. 通过特别程序，可以将路径信息擦除，但也可重新得到干涉图样。

这是量子擦除实验的三个步骤。AD1987 的量子擦除实验很直观地表现了量子退相干的原理，即干涉图样有可能因获得路径信息而被销毁，而之所以销毁，就是因为通过"现在"对量子态的观测，影响到了"过去"量子的传递。

到 60 系镜头，通过对获取信息技术的突破，从结束后再获取信息变更为从一开始就监视电子，来做到让监视这个行为持续，实现不让监视的改变影响到"过去"。

可是为什么到 66 系还会出现这种情况？

贾斯汀已经在实验桌前枯坐了一个晚上，仍然没能想出一个合理的解释。

唯一有可能的解释是，星球内真的有生物，而这个生物通过某种科技对相对近距离的量子进行屏蔽，来掩盖星球本身。

这是常出现在科幻小说的套路，但是现实不该如此。实现星际航行的文明，至少必须在种族内部达到统一，不然必然会出现各个派系和阶级的割裂，而这种割裂一定会让这种生物在可以实现星际航行前就付出灭亡的代价。科学会的建立促进了人类这个物种的大和谐，同时也验证了这种猜想。科学会建立后，科学与技术均出现了高强度的突破，曾隶属于各国的科学家不再有界限，全心全意、以几乎不计成本的形式为文明的发展作出贡献。

SC-4 年的那场危机以一种奇特的方式瓦解了内部斗争，资源的溃败让所有人的阈值降低，同时没有人会再希望回到那个争夺物资的时代。人口的减少让人们对现有物资的发挥更加充分，本来集中的资源更是通过科学会发放到了人民手上，资源通过几年的翻滚越滚越大，也就是说只有科学会和人民两种阶级。而科学会在建立之初，在周海涛的带领下是通过会内资源的再利用实现资源自由的。

当然，几年后有人试图恢复原有的社会秩序，但在后信息时代建立的秩序没那么容易被推翻，SC-1 年推行的课本就抨击了原有的社会秩序，告诉人们原有的社会秩序应该被推翻，现有的社会秩序不该被打破，如果有人试图打破，应该奋起反抗，哪怕是科学会内部的人想打破也应该一样。

这样的一颗种子在人民心底生根发芽，在富足的时代，每个人都有机会追求自己想追求的事业，而帮助人民的职业工人，比如环卫工人，在那几年是最值得尊敬的人。当然，很快这群人的工作就被第一批量产型清洁机器人替代，无偿供应给各个大街小巷。

科学会每个月会下放一定的电子货币，这种货币仅有购买价值，毫无交易价值。也就是在完成购买后，这种货币便会消失在数据流中，每个人每个月能获得的资金都是恒定的，用来购买食物等必需品。同时几乎所有课程和课程所需设备都由科学会和各个下属协会免费提供，在物质需求满足后，精神上的需求便变得格外重要，几乎每个人都会在这样的环境中找到自己想进修的课程。

不以金钱为交易手段的时代，人民和科学会实现了一个微妙的平衡：人民内部有人试图恢复原有社会秩序的，科学会消除；科学会内部有人试图恢复原有社会秩序的，人民会消除；人民和科学会中部分人联手，则人民和科学会共同消除。这种情况一直持续到周海涛去世，新一代的出生，SC 前的秩序便彻底被遗忘了。

后来，很快发展出了星系的航行能力，让人类可以不再局限于地球这个狭隘的星球中。在教材里，这真正标志着人类不再是那个局限在地球上争斗的文明,而是踏上了迈向高等文明的旅程。

一个相对合理的解释是,这个文明仍没有发展出星际旅行能力,在某个科技领域取得了重大突破后,对星际其他文明产生了抵触和恐惧,于是针对这种情况制造了这种可以屏蔽从太空送过来的量子。

但是为什么不屏蔽超远距离的量子?为什么普通的拍摄却能有清晰的影像?是什么东西让他们拥有了这样的意识?

贾斯汀总觉得自己抓住了一些头绪,但似乎有些关键的信息缺失导致思路无法展开,断在了这里。

贾斯汀摇了摇脑袋,身体向后一仰,闭上眼打算眯一会儿。长时间保持专注后,困意很快席卷了他的身体,意识渐渐模糊。他本应该就这样睡过去,让自己的神经得到很好的放松,却被一阵电话铃吵醒了。

是周温月的视频电话,贾斯汀一时间有一种挂掉的冲动,于是任由铃声响了一会儿,才将电话接起。

周温月穿着白大褂出现在面板上。贾斯汀睁开眼,让这份视频可以呈现在天花板上而不是自己的眼皮上。

"现在有时间吗?"周温月的声音平淡冷静。

贾斯汀抹了抹自己的脸,说:"我还没分析明白你之前给我的资料。"

"嗯,正好,这边的热质报告也出来了,你可以看看,应该对 B623-C 的研究有所帮助。"周温月说着,把一项数据投到了贾斯汀的面板上。

那是一项针对探空区域热暗物质的实验数据。贾斯汀看过去,上面是一个中微子,与电磁力和强力不起作用,低质量且以极端相对论速度移动,而根据周温月的实验数据,这片区域充斥着电子中微子。

贾斯汀一项项数据看过去,又抹了抹脸,让自己又清醒了几分。

"怎么这么多?"贾斯汀翻到写着实验方式的那一页,这是当前最科学的检测方式之一,通过量子实验室中的大体积四氯化碳作靶,利用 Cl 俘获中微子的反应,再由这种反应定位中微子。

"很大可能是之前超新星爆发时撞出来的热质。我想,这样密集的电子中微子可能会对我们的镜头产生影响。"

"所以，等等，我们上一次映拓的距离是多少？"

"145 光年，映拓延迟大概 40 秒。"

"40 秒？ 40 秒。"

贾斯汀说着说着站了起来，盯着那项数据，嘴唇有些发干。

"就是 40 秒，所以当时的 LSC6640 可以清晰地映拓出来，就是这 40 秒！"贾斯汀越说越兴奋，深吸口气，强行让自己冷静一些。

40 秒可以做很多事情，可以喝一口水，可以打一行字，可以思考一个相对简单的谜题。

同时，这 40 秒还可以让量子防御机制崩溃。

周温月的表情显得有些疑惑。"是电子中微子的问题吧？太多了导致电子之间持续干扰模糊。"周温月说。

"对，这是一半的原因，为什么这片区域的电子中微子会这么多？现在的数据是我们接近后得到的，我们没有接近前的中微子数据对吧？只有一个粗略的暗物质检测表。"贾斯汀说。

"是中微子振荡将其他中微子转化来的？"周温月说。

"你想想，中微子中对我们镜头干扰最大的是电子，为什么在我们远距离的时候没有这种干扰，接近后却有了？如果是随机把控的，为什么会有这么多电子中微子？如果说有一个文明，掌握了一种可以控制中微子振荡的技术，同时因为某种原因让他们对外来星球产生了抵触情绪，他们会做什么？"贾斯汀问。

"利用中微子振荡干扰其他文明的探测器？"周温月说。

"对，所以我们现在可以有一个假设，那片土地上首先有文明，而且是一个在微观领域极度发达的文明。他们能够控制中微子转化的速度大于 40 秒，这样一来，我们的镜头不在他们的观测范围内。当他们反应过来的时候，我们已经完成了量子纠缠，完成了映拓。"贾斯汀缓缓吐出一口气，安静的实验室内，他能清晰地听到自己心脏的跳动声，如果说之前的照片只是燃起了火苗，这次的发现则是在其上添了一捆柴，能让他看到升腾火焰中的那若隐若现的新世界。

当然还有很多疑点没能厘清。比如为什么会通过这种欲盖弥彰的方式阻止其他文明的观测？为什么会对其他文明的观测这么重视？

不过现在，一些科学上可能的小小进展足以让他沉浸在这份喜悦中，让他短暂地忽略这份理论中存在的疑点。

"如果他们是像你所说的不欢迎外来者，我们就这样下去真的合适吗？"周温月沉默了一阵，还是说出了自己的顾虑。

贾斯汀听完周温月的顾虑，也渐渐冷静了下来。

当然这可能是一个契机，可以让人类整个科技体系得到一次质的飞跃。但远洋号在交涉时代表的是整个人类文明，作为外来者冒昧地去打扰一个不愿意被打扰的文明，于情于理都是不合适的。再者，也不清楚这么做的目的是什么，甚至底下可能有不明的危险。

一潭死水的科学界需要契机去打破。贾斯汀想，他已经期待这件事很久了，未来什么时候才能再找到类似的契机？十年？二十年？人类文明或许等得起，但是他等不起。

贾斯汀跌坐回椅子上，将身体的重量整个压在扶手上。周温月没有说话，只是安静地看着贾斯汀。

贾斯汀叹了口气，望着地面摆了摆手，说道："行了，我先上报给蒋欣玮，再上报给科学会吧，咱就甭指望能有所突破了。"

"贾斯汀。"周温月没由来地叫了他一声，贾斯汀看向她，发现她一成不变的表情似乎发生了变化，带了些……愤怒。

"你自暴自弃时不要带上别人。"周温月继续说。

贾斯汀心头一沉。自从周温月上盘以来，贾斯汀就几乎没有看到过她休息，无论是休息日还是生病，她都会准时出现在研究室，出现在不同的仪器前，进行着好像看不到尽头的研究。自己的想法在这个热爱着这一切的人面前，会显得格外幼稚。

"……对不起。"贾斯汀带着歉意，"温月姐，你吃过饭了吗？"

"……没有。"周温月回应道。

……

结束通话后，周温月一只手扶着头，手肘撑在桌沿上，紧盯着自己面前的实验桌。

只是这种程度的调侃她本不该生气。她明白自己为什么一下没将情绪抑制住，对研究的热情是一方面，还有一点是时间太晚，导致血清素减少，理智被抑制……可能还有一点是自己的自卑心理。

她出生时，医院的测试说她并不聪明，甚至比一般人的智商要稍低。后来，医院曾询问过她的父母是否要进行手术，让她可以达到正常人的智力水平。只需要简单签个字就行，手术也不复杂，是一项很成熟的技术。

她父母本来已经决定好签字，周温月却坚定拒绝。

"我不认为其他人比得上我。"周温月这么说道。

她父母见她态度坚决，也就停下了签字的笔，而周温月没令他们失望，考上了她们星球最好的综合类大学，考入了科研星盘，成为了首席学者，把质疑声通过一场场考试统统反驳了回去。

但她知道，这是通过超过常人几千倍的努力换来的成果。她越往上爬，越发觉得自己渺小。遇到贾斯汀后，这种渺小感更是笼罩着她，时不时就出来作祟。

为什么数据和成果都是自己收集的，而他却仅仅依靠看，就可以得到这样的结论？为什么明明自己有足够的时间去理解去思考，而他仅仅依靠这短暂的通话时间，就可以得出结论？

她从来没有对贾斯汀有任何鄙夷或者偏见，也从来没有后悔过自己当年拒绝做手术。她热爱钻研，所以当贾斯汀偷懒时，她也非常乐意把所有的活儿都揽下来自己做。

只是偶尔在看到这种差距时，她难免会生出一些情绪。

不过，这种情绪一般不会停留太久。

重新抬眼，她看向一旁的量子对撞机，侧面的显示屏上已经清楚地显示了周围热暗物质的成分，这些成分可以作为依据，用来推断创造这些暗物质所需要的条件，这是她现在需要做的。

针对 BH623K466 空域的探空报告

对 1 号探空点的探查结果表明，这片宇宙域以热暗物质（以下简称为热质）为主，占所有暗物质（以下简称为暗质）的 62.55%，冷暗物质（以下简称为冷质）占比 37.45%。

以强子对撞产生的引力波作为暗质的观测依据，发现混杂了大量不参与强相互作用的费米子，通过进一步对德布罗意波长远大于散射靶内物质的原子间距的入射费米子的折射，靶内物质获得动量，发现大量中微子，大部分为电子中微子（以下简称为 VE）。

现有理论无法解释在未经干预的情况下冷质较热质稀缺的现象，后续会对该星系各宇宙域增设探空点来确认该现象，目前的两种假设和远洋号模拟的结果如下：

超新星爆发时，热失控衰变产生的介子衰变为大量中微子，通过中微子振荡转化为 VE。

远洋号结论：概率极低。

B623-C 气态巨行星上存在智慧生命，会利用 VE 对该星球进行反侦察行为。

远洋号结论：概率极低。

……

第四章　首次碰面——淹没在风暴之中

"所以，这就是目前的情况。"蒋欣玮看着贾斯汀提交上来的报告。贾斯汀说完后，便站在蒋欣玮的面前，等待着他的回复。

"如果有文明存在，他们可能不希望和我们进行交涉？"蒋欣玮问。

"是的。"贾斯汀点头，确认了这个答案。

"现在你们能够确认那个星球上有生物吗？因为周温月之前也提交过一份报告，远洋号并不认为那颗气态巨行星上有智慧生物。我的理解有问题吗？"蒋欣玮抬眼看向贾斯汀。

贾斯汀感觉心脏在有力地敲击胸腔，像一颗子弹一样蓄势待发。他的大脑正高速地寻找词汇来应付面前的情况，他明白必须要对两个文明的首次交涉负责，但更怕自己会倒在一些"新东西"的诱惑面前，说出一些带个人倾向的话影响蒋欣玮的判断。科研人员在这种科研盘上的话语权很重，他需要对自己说出的话负责。

"当然，我们不能否认远洋号对这项数据的模拟，它依据的是我们现有体系的发展脉络，这是我们现在唯一的参考。"贾斯汀说，"但是，我们需要考虑到那个文明的发展脉络可能和我们文明完全不一样。如果说真的对微观宇宙很有研究的话，换作我们的文明，如果非常了解微观宇宙，当年制造石墨烯就不可能通过撕胶带的方式，整整晚了地球自个儿30亿年。肯定是根据已有的研究基础，早就通过排除法找到碳原子配位数为3，键和键之间夹角为120度的东西了。所以，我觉得对方的发展历程可能和我们的不一样，可能他们首先研究的就是微观宇宙。"

蒋欣玮听完，接着说："他们可能不愿意被观测到？"

"是的，目前的信号是这样。"贾斯汀说，"但我们不能就这样简单地下结论，因为这个信号可能有很多种解读方式，比如可能是利用这种方式来引起其他文明的注意，然后利用这种注意让其他文明来探索这个星系，因为这个星系中有一些他们没有办法得知的现象，需要其他文明予以协助。然后这个行为是一个引子，用来排除掉那些能力不够的文明，我觉得这也是一个思考方向，这样可以解释为什么会采用这种明显人为的电子中微子的异常方式来隔绝其他文明的观测。"

这也没法解释为什么非得采取这种隔绝观测的方式来筛选，因为了解微观宇宙更好的方式，应该是直接观测另一个文明，无论对方是星盘还是什么的物质结构。贾斯汀心想。

就算没法观测到对方的微观结构，那至少还可以证明对方的科技水平是高于自己，还是有另一套科技流程。

蒋欣玮点头，示意贾斯汀可以离开了。贾斯汀走后，蒋欣玮盯着桌面坐了一会儿，就在这时，他接到了一个电话。

很快，五个人出现在他面前。他们几乎是在电话接通的瞬间就出现在了这个房间，坐在座位上，把蒋欣玮的座位围在中间。

蒋欣玮挺直站起，右手伸出四指指向自己太阳穴，行了一个标准的军礼。

待蒋欣玮完成一套动作后，正面对着他的那个人示意他放下，说："远洋号机长蒋欣玮，您好。"

蒋欣玮说："向您致意。我们盘上的文件已经汇总，希望已经发到了您的手里。"

那人说："嗯，遇到了一个可能并不欢迎我们的文明。你认为应该去吗？"

蒋欣玮说："首席，我认为应该终止行动。"

被称为首席的人不置可否，坐在蒋欣玮左手边的那人说话了。

"如果交涉的话，我们文明的科技可能会有一次飞跃。蒋欣玮同志，作为一名科研盘的机长，尽管这样，你也不愿意吗？"

"首席，我认为在研究中承担一定的风险是必要的，但这一次我们的准备并不充分，我们可以标记出这片星系，准备充分后我们再进行交涉和研究不迟。到那时候我们承担的损失和风险必然会更小。"蒋欣玮转头看向首席说。

"你看过你们无人机发回来的报告吗?"首席听完,没头没脑地说了这么一句。疑惑间,蒋欣玮发现自己面前的桌面上出现了一份文件。

是一份关于那颗恒星的报告。

"你知道科学会本部自从你们可能遭遇文明后,一直对你们盘上的文件高度关注,最近这份关于恒星的研究报告本部也非常重视。"首席说,"这颗恒星将会在一年内转化为红超巨星。"

蒋欣玮打开报告,报告上的信息过于详尽,无法辩驳。

"你应该知道到达那片星系所需要的时间。"那首席说,"本部认为,如果打算和那个文明交涉,只有你们这架星盘能在期限内做到。"

蒋欣玮想到了贾斯汀刚刚说的话。

五位来客都在等待着蒋欣玮的答复。

每架星盘都属于科学会,但在出勤期间,每架星盘所有的最终决策权只有机长一人,科学会首席也无权干涉机长的决定。

蒋欣玮略微张嘴,缓缓吸气后,开口道:"我需要为我盘的所有人员的安全着想。这是一次机遇,但是我们仍不知道该文明是否希望被我们干涉和打扰,假如他们掌握了量子或者核子能武器,我盘难以承担任何在此之下的损失。而作为机长,这是我首先应该考虑的。"

会议室陷入了短暂的安静。

最先说话的首席最终闭着眼睛点了下头,随后说道:"好,我们知道了。将这片星系的其他数据研究清楚就请回吧。科学会本部的建议仍是希望能够实现我们和其他文明或者生物的首次交流,希望您可以好好考虑这个建议。如果有新的进展随时可以汇报,向您致意。"

"向您致意。"蒋欣玮再次敬礼。接着,五人消失了,机长室一下显得冷清许多。蒋欣玮坐在座位上,伸手在脸上摸了几下,舒缓着自己的神经。

"机长，需要一定程度的援助吗？检测到您的皮质醇分泌较多，可以让医生为您提供咨询。"远洋号的声音响起，无论什么时候，这份声音都有一种让人安心舒适的能力。

"远洋号，我需要对 B623-C 的分析整理，还有所有关于 B623-O 的资料。"蒋欣玮看向自己面前的桌面，很快，一份资料就传到了他的面板上。

"这是目前所有对 B623-C 和 B623-O 的研究汇总，包括本部的研究汇总。"远洋号说。

另一边，贾斯汀坐在实验室里，双手交叉抱着胸，一副不是很高兴的样子。

机会，啪。没有了。他满脑子想着这六个字，枯燥地坐在实验桌前，什么都没做。还有大概五个标准时下班，而他可以就这样把这五个小时偷给自己。

"老大，我们需要继续开展对 B623-C 的研究吗？"小李问。贾斯汀抬眼看向小李，第一反应是询问他咋就少了这眼力见儿。

"……继续吧，趁着蒋大哥还没把咱这个项目掐掉。对了，等会儿。"他脑中突然闪过一个念头，"我们向这颗星球发送过任何信号吗？"

"暂时还没有，怎么了？"小李问。

贾斯汀猛地站起来，拍了拍小李的肩膀，接着跑了出去。小李颇为不解地愣在那里。

"刘哥，刘哥，你给我瞅瞅能不能朝那 B623-C 发送一个信号试试。"贾斯汀一路小跑来到能源部，径直走向刘黎的工位。此时刘黎还正在观察远洋号动力运输情况的实时监测。

"哎，这两天全盘都在讨论这事儿，那星球不是早说过上面的杂质没法接收信号吗？"刘黎停下手中的工作，抬头看向贾斯汀。

"不是，总不可能啥信号都传不进去吧？你想，要是他们这星球能从恒星那里汲取恒星能，那光信号不就必然可以传进去，我们完全有可能搭建一个远程的交流平台，对吧！"贾斯汀两眼放光，隔着空气，刘黎都能感受到来自贾斯汀的热情。

"这 B623-C 我记得不是说可能是什么微观生物？光传进去后会产生波粒二象性啥的，它们能准确明白咱的意思吗？"刘黎再问。

"微观生物？你从哪儿听说的，还能再扯一点吗？"贾斯汀没憋住脸上的笑容，扑嗤笑了，"目前的微观世界根本不存在可能构成生物的物质，所有生物都是由无数个微观粒子构成的，而无数个粒子就必然会成为宏观的东西，必然！好了，你就说能不能吧，总不能连个光信号都发送不了吧？"

"理论上可以，但机长能同意吗？你知道机长对这种事情非常敏感，前段时间不是觉得他们不欢迎咱？"刘黎仍有些不放心。

"跟机长说完之后你要告诉我到底是科研部哪个内鬼告诉了你这些玩意儿。"贾斯汀看向远洋号的动力监测系统，那是一个虚拟建模，将整个远洋号按原比例缩小，需要精确到某一点的时候随时可以放大，这项技术的运用使远洋号的各项检查变得简单，贾斯汀看着显示出来的动力流动，忽然想到能源在前段时间就告急了。

"我肯定会去机长那边好好说说，咱也总不能干这种违规越级的事儿。不过，我有很大的把握可以说服他，你到时候看我表演就行。"贾斯汀自信的样子让刘黎的心里更没底了。

"算了，你爱咋样咋样吧。对了，你们对 B623-A 的研究报告出来没有？"刘黎问。

贾斯汀明白，B623-A 里面可能有星盘所需的能源，需要加紧工作。

他挠了挠头说："我们现在主要关注的还是 B623-C。不过，过两天可能 A 的结果就出来了，别急。"

"嗯，得赶快。"刘黎说。

"对了。"

"嗯？"

"是小李？"

"咳，嗯。"

怎么做才能够在最大化保证机组成员生命安全的情况下做好研究，这是每个机长都要面临的问题。

机遇和挑战自古以来都是并存的，但当机遇来临时，你是否真的要抓住它？哪怕这份机遇可能会葬送整架星盘三千人的性命？哪怕这份机遇可能让整个人类文明被另一个文明敌视并攻击？

是否真的要因一己私利，让所有人都喜闻乐见的私利，就置自己的星盘于不顾，置两边的文明于不顾？

其他人可以抱着热情，但他必须守住理性的阵地，因为他才是最后做决定的人。

蒋欣玮明白这一点。

在他有限的学识里，在那本对已有理论体系进行解剖的书里，所谓"科学"只是一种自命不凡的虚幻假设，充其量不过是现代文明中的一种暧昧的成分。所谓"科学"，与其说是一种创造精神、一种定向手段，不如说是一套"科学机器"，由技术专家操作，受更权威的人控制。更权威的人则因自身知识的片面，对作为物质的科学，无法体现，无法理解，没有人能在短暂的人生中了解到这个宇宙的所有事情，没有人知道是否在另一个领域的深入研究中有自己领域想要的知识，而不知道只是因为抽取需要的知识的时候抽错了书而已。

科学是闭塞的，是被解释的，是落入抽象经验主义陷阱的。

蒋欣玮明白。

文明之间的友好交流就一定会让两边科技都进步吗？两边全部说开就真的能让双方清晰无障碍地理解对方的科技和理念吗？

这是不可能的。

蒋欣玮明白。

在人类自身文明之内的交流都会产生障碍、壁垒、信息损耗，更别说和另一个文明交流了。这是在浪费时间。

最好的情况尚且如此，何况面对的可能还是一个根本不希望被观测的文明。

蒋欣玮明白，这是绝对理智的决策。

"机长，贾斯汀在外面。"远洋号的声音响起。

"让他进来。"那个狂热的科学疯子又想做什么，蒋欣玮心想。他打断了自己的思路，望着贾斯汀走进自己的房间。

"机长，我认为我们应该与该文明进行第一次交流。"贾斯汀开门见山。而蒋欣玮听完眉头拧成了一股麻花。

"等等等等，机长，您先别急，听我说完。"贾斯汀连忙把双手摊在面前挥了挥，竖起两根食指，"机长，如果我有一种方法可以保证我们星盘在交涉中不会被任何东西损害，可不可以和他们进行交涉？"

蒋欣玮说："你想做什么？"

贾斯汀迈开腿，在房间里缓慢地踱步，一边说："机长，你知道的，他们，假如说有文明，不愿意被观测，又不愿意和世俗相争，对吧。毕竟蜗居在这样一个小星球内，不出来，也不问候，紧紧巴巴地守着这个星球度日……我们的重点就是要确定他们是否欢迎我们，是否这是一种我们还不清楚的风俗或者文化，对吧。所以要我说，我们还不如直接去问他们。直接问明白不就好了，对吧。反正他们也是一个不和世俗相争的文明，直接问一嘴也没啥大不了的，他们要是不让咱观测，咱就不观测了，不就行了，对吧？他们指定不会拿咱怎么样。"

蒋欣玮的眉头没有舒展，贾斯汀被盯得有些不自在，补了一句："您觉得怎么样？"

"你怎么知道询问不会有风险？我们根本不知道那个文明的文化是什么。"

"……我们会很客气的。"

房间的气氛凝固了。

贾斯汀张了张嘴，见蒋欣玮表露出不让步的神色，便叹了口气，缓缓地说："机长，如果错过这次机会，我们整个文明都会为这一天遗憾，这不是你我愿意看到的。"

"更有可能是庆幸。"蒋欣玮说。

"庆幸是一种确定的情绪，不是未知的。"贾斯汀深深地看了一眼蒋欣玮，转头离开了房间。

理智代表正确吗？蒋欣玮忽然冒出了这个念头。尽管他仍不怀疑自己的决定，尽管贾斯汀最后的发言在他看来没有任何价值，但他心底的一些念头被触动了。

副机内，周温月正跟着自己的团队收集所需的数据。由于不使用R5实验室，对暗物质的研究推进得相对缓慢，仍未有热暗异常多于冷暗的头绪，这不免令她的团队有些心急，但她似乎并不在意，每天只是反复面对一行行数字做着记录。

"温月姐，你可能需要看看这个。"她身边的一位研究员将面板上的资料传输了过去。她打开了它，是一份对周围暗物质的分析和B623-B的报告。

"总结一下。"周温月关掉手上的报告，扭头继续盯着旁边的机器，它的职能是从对撞中找到会造成影响的暗物质。

"B623-B好像是一个……我不好下定论，但它好像是一个物质源。"那位研究员说，显得有些迟疑，像是并不确定，或者相信自己所说的事情。

"粒子吗？"周温月问。

"不……反粒子。"

周温月停下了手中的动作。

"反粒子？"周温月问。

"对，我知道这件事的时候我也不敢相信，但是，B623-B确实一直在排放反粒子，其中最多的就是那个，anti-electron-neutrino，反电子中微子。"

关于 B623-B 的研究报告 266.10.12

负责人：周温月

以下结论仍需要在检查检测仪器后进行确认，但目前可能性极大，以下是该数据的检测过程：

无人机首先对该星球的非惯性参考系的赝力进行检测，发现该星体周围的粒子的运动速度随距离的改变非常小，其粒子远快于当前引力理论的预言速度，即周围存在大量暗物质，粒子对撞机在探空时也相应佐证了这一观点。

而当我们在对该反粒子追踪的时候，即通过对撞找到并标记部分带电反粒子时，发现带电反粒子在匀强磁场中，速度方向与磁感应强度方向平行，带电粒子不受洛伦兹力的影响，采用云室法记录带电粒子运动轨迹并不波动，其来源为 B623-B。

而经过进一步追踪，发现 ve108 号、ve243 号、ve263 号、ve565 号和 ve981 号，在经过一段时间和距离后（图 1），会由反电子中微子转变为电子中微子。

＃图片

原因不明，目前仍需进一步研究。

······

李润祺在食堂看见贾斯汀朝着自己走来的时候，心底便涌上了一种不祥的预感。和许多时候他看见贾斯汀的感觉是一样的，尽管他们时常聚集在一起打游戏，尽管他们偶尔也会坐在一起大谈未来和理想，但每次见到贾斯汀，他总觉得有些犯怵。

可能也不是每次，李润祺想。一开始他本来是不会这么想的，他一直本本分分地做着自己的领航员工作。是从什么时候开始的？哦，是当贾斯汀说现在的科学界一潭死水还不如都炸了时。

其实那个时候也还没什么，直到最近来到这个星系后，贾斯汀的眼神就越来越让人害怕了。

"李润祺！"贾斯汀坐到李润祺身边，亲切地搂住他的肩膀，用那双充满炙热的眼睛盯着他。

"怎么了？"李润祺问。

贾斯汀低头，眼光扫着李润祺身前的食物，轻笑道："老李啊，你有遨游过这个星系不？这可是个浑身都是谜团的星系，可以说它就是笼罩在这科学大厦上的一团团小乌云组成的大乌云，但这不是一件很可怕的事情，你知道为什么吗？因为没有乌云才是最可怕的，要是这么多年一点儿乌云都没有，那只能说明我们的科技被锁死了，没救了。而你知道，要解决这个乌云也不难，你知道为什么吗？因为就在这片星系，就在这小小的空间里，我们有一个地点，有一个星球，对吧，你知道我说的是哪儿了吧？就可以解决这个问题，但是！但是，现在我们还有一个小小的问题，我们伟大的机长，蒋欣玮，他不同意。所以，兄弟，能不能去帮我说说话？让他同意一下我的通信计划，就一场，只需要一场就行。算哥求你了，帮我去说说吧。"

李润祺冷静地使着筷子，直到把眼前的复合肉夹断了。

"你可以找梁姜，他肯定比我更合适找机长。"李润祺说。

"我要能找他我也不至于来找你嘛。"贾斯汀拍了拍李润祺的肩膀，"咱俩的关系要比我跟梁姜好，对不对？"

"……不过你真的觉得通信是正确的吗？机长应该已经否决过你的提案了吧，这很危险。"李润祺说。

"哪一次突破不伴随着危险？你就说两次世界大战对医学的发展，第一、二次工业革命多少工人下岗，数位化革命又淘汰一批人，还有第四次科技革命是基于当时的互联网对版权和伦理造成的危机的。危险，就意味着突破嘛。"贾斯汀说。

"所以，你也觉得这很危险？"李润祺问。

"……你怎么跟咱机长一样。"贾斯汀冒出这一句话的时候，大伙都能看出他急眼了。一段短暂的沉默后，他才再拍了拍李润祺，走了。

此时的机长室内，梁姜却在和蒋欣玮商议此事。

"我还是认为应该遵循科学会本部的建议。"梁姜说。

蒋欣玮倒坐在椅子上，闭着眼，捏了捏发紧的额头，说："为什么？"

"首先无论最后结果如何，这场事件都会归在科学会头上。你不会遭到很多指责。成，你和我们星盘都有机会在历史上留下浓墨重彩的一笔；不成，你也不会落下太多闲话，顶多是一个试图拓展人类科学疆域的一次大胆的尝试。况且，如果我们没有成功，你也可以引咎辞职，或者死亡，这对你都是一种解脱。"梁姜说。

蒋欣玮听到后面，睁开眼看向梁姜，似乎想说些什么，却又将眼睛瞥向别处。

"我不可能再害死整个星盘的人。"蒋欣玮说。

梁姜轻叹了口气，说："机长，我认为放下这个执念能让你做出更好的判断。我和你所说的贾斯汀的观点一样，它们对外来信息采取消极避世的态度，不像是会对我们进行攻击的种族。"

蒋欣玮没有回话，梁姜也不急，只是安静地坐在一旁，等待蒋欣玮的指示，同时处理副机上的各项事务。

"梁姜，去安排吧。"蒋欣玮双手放在身前，整个人好似完全嵌在了椅子里面。

"好。"梁姜站起身，再次看向蒋欣玮，深深鞠了一躬，离开了。

待梁姜离开后，蒋欣玮缓缓转动椅子。

"远洋号。"蒋欣玮说。

"我在。"远洋号说。

"上次核查的结果是，我们的燃料起码还能进行一次跃迁。"蒋欣玮说。

"对的，机长。"远洋号说。

"好，我知道了。"蒋欣玮说。

乱。这是贾斯汀此时脑海中唯一剩下的字。

从这个星系了解到的一切，就是乱。虽然这就是宇宙本来的样貌：不断地熵增，归为热寂，一切都没有意义。

但是，整个星系太乱了。贾斯汀甚至在一瞬间感觉到秩序都在熵增，所有的定律在这片区域都失效了，定律化为了熵。

周温月跟贾斯汀讲清楚了 B623-B 的发现，贾斯汀蒙了。贾斯汀贫瘠的人类大脑根本无法理解为什么会放射反粒子，为什么会由整颗星球放射反粒子。对 B623-B 之前的研究平平无奇，放在任何地方他们都不会多看一眼，本来它可以好好地不被列为研究对象，偏偏要向外吐反中微子，这还没完，这该死的反中微子甚至能自个儿变为中微子！自旋方向能自个儿从和运动方向相同的方向，硬生生扭得和运动方向相反。这不是科学，这是挑衅，它在挑衅人类几千年来的科学发展和传承。

人类一思考，宇宙就发笑。

贾斯汀的大脑甚至没来得及处理这项信息，他的双腿甚至还没因这句话发软并臣服在这项信息之前，蒋欣玮便同意进行通信交流了。

他的双腿最终臣服在了这项信息之前。

第二天，标准时间上午 8 ：19。

除周温月外，中控室所有常驻人员都来到了这里，每个人都安静地坐在自己的座位上，只有贾斯汀在通信器前和刘黎一起调试设备。

李润祺觉得今天中控室的气压似乎很低，只能偶尔听到贾斯汀和刘黎冒出几句交流，交流声似乎也并不清晰，尾音几乎不会在空气中停留，一句话结束后，声音便失去了存在的踪迹。

所有人都知道，今天可能会和另一个文明进行交流。

如果这是真的，人类将首次和外星文明进行正面交流，文化领域将迎来新一轮的变革，所有的 ET（外星人）在这一刻都有了脸。而科技领域，抛开那宏大理论的论调，在这样一个普遍认为碳基生命无法生存的地界，仿生学必然会取得许久未曾有的大突破。

五个人影出现在中控室内，科学会首席到了。

蒋欣玮站起来，待那五个人的视线看向他时，他行了个军礼。其他人像是并没有看到那五个人，依旧忙着处理手上的事情。

"向您致意。"蒋欣玮说。

"向您致意。"为首一人回应道。

蒋欣玮开始汇报目前的情况：远洋号首席学者贾斯汀在和通信员兼能源部长刘黎合作负责这次通信，目前正调试设备，预计十分钟后可投入使用。李润祺正在准备跃迁动力组，随时可以跃迁至定位点。远洋号正在向全盘广播这次对话，感兴趣者可以在任何位置进行观看。梁姜正协调各部门工作，随时准备应对未知意外。

首席们微微颔首，他们并不准备也无法介入此次事件，他们是作为见证者如实地记录这项事件的。

"机长，调整到可见光了。"贾斯汀说，夹杂在声音中的颤抖虽然不大，却在这样安静的环境中显得尤为清晰。

蒋欣玮的手心被汗液浸出了褶皱，交感神经正敏锐地捕捉着他的情绪，并将它们忠实地反馈给身体各处。

蒋欣玮的声音平静中带着些许力量，在一定程度上安抚了贾斯汀与刘黎二人。

"开始吧。"他说。

刘黎扭身在通信器上点了几下，远洋号收到指令，众人看见一束光从远洋号底部射出，射入了 B623-C 厚重的云间。

——您好，我们没有恶意，欢迎我们吗？不欢迎的话，我们可以离开。我们可以聊聊吗？

观察窗上出现了一段话。

"我把发送的消息投到了观察窗上，如果他们回应了我们，消息也会出现在观察窗上。"刘黎说。

没有人回应刘黎这句话，刘黎也不打算等待回应，所有人不约而同地盯向观察窗，没有人知道是否会有回复。

那段信号像是射入了宇宙漫无边际的黑暗，只有观察窗上这句话提示着那段信号曾来过。

漫无边际的等待。

8：40

时间不曾等待过消息，履行着自己应尽的指责，拖着分秒向前走着。

硕大的观察窗上，孤单的语句贴在上面，让贾斯汀不由得联想起那些年发过的消息，和永远等不到的回音。

他忽然有些累了。

似乎只发生在一瞬，他的热情悄然离开了他的身体，短暂的热情已经将他的精力消耗殆尽，现在，他想找个地方休息一下。

椅子，那是个很好的地方。他坐回了自己的椅子上，找了个舒服的方式，转向观察窗，望着那个可怜的消息，孤独地躺在观察窗上，被众人殷切期盼的目光盯着。

梁姜先注意到了贾斯汀的动作，然后是蒋欣玮。

"光谱发送过去了吗？"蒋欣玮问。

光谱能这么用吗？贾斯汀已经懒得去思考这个问题了。

"理论上说，已经发送到了，我们瞄准的还是之前找到风暴的那个地方，而且，基本可以确认这光信号涵盖半个星球了。这么一来，他们要不理咱多少能证明这下面是真没东西。"贾斯汀的声音显得有些疲惫。

"出现这种事情也正常。"他说，"可能是一些杂质导致的画面失真，可能是 B623-B 发出的电子中微子。谁知道呢？反正咱也习惯了。"

梁姜正想说些什么，突然，一束强光射进了中控室，远洋号打开遮光面板，光束有节奏地律动着。舞蹈，这是贾斯汀想到的第一个词：交际舞，他想到了第二个词。

伴随着光束的闪烁律动，航天玻璃上也显示出了第二行字。

——您好……

贾斯汀站了起来，紧盯着观察窗。

——您好，我们没有恶意……

他觉得这个消息有些眼熟。

——您好，我们没有恶意，欢迎我们吗？不欢迎的话，我们可以离开。我们可以聊聊吗？

随着这句话的最后一个符号出现在观察窗上，中控室内重新陷入了黑暗。

——您好，我们没有恶意，欢迎我们吗？不欢迎的话，我们可以离开。我们可以聊聊吗？

——您好，我们没有恶意，欢迎我们吗？不欢迎的话，我们可以离开。我们可以聊聊吗？

两句一模一样的话显示在中控室的观察窗上，强烈的光芒让在场的所有人都感受到了恍惚，让中控室本是明亮的灯光显得黯然失色，如同做完了一场大梦，接着又回到了冰冷昏黑的现实。

"刘黎，怎么回事？"蒋欣玮问。

"不……通信设备没有报错，这就是它们的回复。"刘黎晃了晃脑袋，着手进行着设备检查。

蒋欣玮看向贾斯汀，贾斯汀似乎还没回过神来，直愣愣地盯着那两句话看。

"贾斯汀。"蒋欣玮的声音不大，却显得浑厚，将贾斯汀的意识拉回了现实。

"啊，我不清楚。从行为学的角度看这么做的理由有很多，但是我不认为对方的行为逻辑是遵照人类的……不过，从生物的角度，更有可能是他们对我们传递的信息感到不解。"贾斯汀搓着手，回过神来。

"他们没有办法理解我们的语言？"蒋欣玮问。

"不，我不是这个意思。"贾斯汀说。

"我的意思是，有可能他们根本无法理解我们发送的是什么。"贾斯汀说。

"他们把我们的信息又发送回来了？"周温月问。

"是的。"贾斯汀点了点头，窝在椅子上确认了这个消息。

"所以蒋欣玮同意让我们进行下去没有？"周温月说。

"啊，他还没有说他想做啥。如果他们觉得我们这句话没啥恶意，原话返回的就肯定不是恶意。但他们要是觉得我们这是恶意的，可能这是一种警告。"贾斯汀说，"你啥时候回来？温月姐我累了。"

周温月摇了摇头，说："现在有些探空工作我都是交给许天文去弄，我们还得决定要不要让 B623-B 去取一些样本回来，要有一个风险评估。"

"真羡慕你。要不想干了可以直接跃迁跑回生活区，也没有和另一边生物打交道的危险。咱这边不想干了只能考虑揭竿起义。"贾斯汀一边说，一边往身前挥了两拳，深刻的表达了自己的不满。

"等你们拿到数据后再叫我吧，现在没有更多有用的信息，不好整理。"周温月说。

贾斯汀颔首。挂掉电话后，研究室的门被跌跌撞撞的小李打开了。

"别急，急啥，咋了？"贾斯汀问。

"机——机长同意我们下去对 B623-C 进行采样了。"小李喘着粗气，扶着桌子说。他抬头，却发现贾斯汀只是吸口气站起来，猛点了两下头，说一声"好"，然后就走了出去。

小李眼巴巴地看着他走出去，跟着贾斯汀久了，小李明白贾斯汀已经进入疲惫期。在某件事情在一段时间内无法取得突破，看不到足够的兴奋点后，就很难再有热情，他是被枯燥裹挟的人。

不过，管他呢。小李先自己小声欢呼了一下，接着往隔壁工作室跑，工作室内很快爆发出阵阵喝彩声。

做出这个决定的蒋欣玮正在自己的房间独自欣赏着窗外的景色，没有人知道他在想什么，他只是在望着深邃的星空。机长寝室本不会出现许多阴影，光明却将他挤在了角落，让他显得格外瘦弱和衰老。

他早就知道自己已经不再适合指挥这艘船了。

科研组很快就制定好了计划，本来选人还有些困难，直到蒋欣玮发话要亲自领队，带上贾斯汀和梁姜。

贾斯汀一开始质疑了这个决定，认为一架星盘的机长和副机长同时下去并不合适，而蒋欣玮的理由是第一次和另一个种族见面要给予对方足够的尊重，离开期间将由李润祺担任代理机长，规定时间内没有回来则转正成为机长。

很快，贾斯汀就清点了四个不怕死的来到仓库，穿好宇航服后便上了副机。

"24 个标准时是我们回到盘上的最后期限，现在去的地点是之前有收到光信号和异常活动的地方，误差 500 米。保守估计在 4 个宇航时后，附近将生成超级风暴，宇航服强度不够，所以 4 个标准时内我们需要撤退。科研部周秦和王凯两个人负责留在副机附近待命，其他人成一组前往之前光信号传递的地点。"梁姜说，"我们无法通过 B623-C 的大气和远洋号取得双向联络，远洋号很难检测到地表。所以周秦和王凯，你们两个在副机内检测周围环境。发现问题及时向我们汇报。还有其他问题吗？"

待众人确认之后，副机点火，很快离开了远洋号。

随着距 B623-C 越来越近，紧张的情绪一点一点在副机的空气中蔓延开来。巨大的行星在自己眼前慢慢放大，渐渐能模糊地看见一些陆地上的纹路，接着纹路渐渐清晰，出现了一些层次，层次渐渐分明。这一切说明快要着陆了。

副机稳当地停在地表，虽说其叫气态巨行星，但核心仍是坚硬的岩石，银白色的地表几乎代表了内核是由钽和铪构成的。到地表时，虽然他们的宇航服有抗压属性，但众人仍然觉得有一层厚重的毯子压在他们身上，压得他们喘不过气来，按照贾斯汀的说法，在地表时，他们每个人身上都会像背了一个负重铅球。除周秦和王凯，其余五人来到出口，坐上了载车。

出口分两个门，此时出口和驾驶室被内门分隔，外门此时只稍稍开了一条缝，剧烈的风沙便扑面而来，由碳构成的漆黑沙砾在出舱口上下翻飞，高温条件下，它们确实显得格外活泼。

载车发动，离开了副机，开了有一阵，贾斯汀忽然让车停了下来，下车蹲着看向地表。

之前在上面时由于风沙的缘故，对地表的辨认没能那么仔细，现在更近距离的接触让贾斯汀产生了一些疑惑。

"怎么了？"蒋欣玮的声音传进了贾斯汀的宇航服里。

"这个地表……有些奇怪，说不上来。"贾斯汀说，"小李，把P–CCD拿过来。"

小李从载车的车尾箱里拿出P-CCD，那是一个长方形黑色仪器，两侧皆有把手，上面是一个显示器，下面则有一个孔。

贾斯汀接过仪器，把有孔那侧按在地上，打开显示器，孔里射出一束激光，穿透了地表。

仪器上的读数在跳动，贾斯汀紧盯着读数。

"这根本不是自然星球能产生的。机长，这个地下可能有东西，这个地表使用的是一种铁和氢硅构成的金属，我推测这可能是某种巢穴，而我们要找的无论种族还是别的东西，可能就在这个下面。"

"怎么看出来的？"小李紧盯着地面，他只能看见一片白。

蒋欣玮则是点头，走下车，说："开旗帜吧，把这里标记好。"

"你看，这里不只是白色。"贾斯汀把P–CCD拿开，由于发射时间不长，激光射出的地方只多了一个小坑，"还有些夹在里面的深蓝色，还记得硅片的颜色吗？把那个什么拿过来。"

"哦……"小李仔细看过去，那些深蓝色并不成规模，一眼望去很容易被判断为杂质。

与此同时，周秦无所事事地在车上玩着面板上的游戏，副机的控制台却突然响了起来。他抬眼看过去，猛地坐直了。

"好了，旗帜标好了。"贾斯汀站起身，虽说是站起身，实际由于风沙的原因他不得不半弯着腰，抬起手，"把 BDD 给我。"

小李早就将 BDD 拿到手上，递给贾斯汀，那是一个小方盒，一身黑，只有一个按钮。

贾斯汀按下按钮，小方盒似乎没发生什么变化，但贾斯汀的面板上出现了一个叫 BDD 的窗口，上面显示出了一个数字 4。贾斯汀抬头看向小李，摇了摇头。

就在这时，几人的宇航服里都传出周秦的声音。

"机长，我们检测到了新生成的超级风暴，预计到达副机位置还有 15 分钟！"

"我就害怕这个。"贾斯汀一边骂着，一边拖着沉重的身体缓步走上车，关上了车门。

"不是说保守估计还有 4 个小时吗？"梁姜说，他接着发动了车，车发出低沉的嗡鸣声，扭头沿着原路跑去。

"我们已经很保守了！这种星球上的风暴生成本来就很随机……但也确实不该这么快啊。"贾斯汀一边抱着 BDD，一边说。

蒋欣玮坐在副驾驶上看着窗外，心中隐隐觉得不安，这种不安的来源不是这场风暴。

车以当前最快速度冲向副机，忽然几人觉得身体一轻，车不知道撞到了个什么，侧翻了。生物保护将他们都罩在了里面，几个人却仍然心头一沉，这种情况下的侧翻几乎是致命的。

此时，他们离副机已经不算远，他们几人连忙爬出车，朝着副机跑去。万能的肾上腺素正包裹着他们的神经，让他们几乎感受不到来自这颗星球的威压，速度得到了肉眼可见的提升。

此时，就在这时，小李被什么东西绊了一跤，跌在了后面。眼见风暴将至，蒋欣玮没有犹豫扭身扶起了小李，捏起通信说："飞起来！"梁姜和贾斯汀已经进入副机里，王凯摁下启动键，梁姜似乎扭头打算说什么，张了张嘴却没能开口，只能再转头看向蒋欣玮二人。副机缓缓升起，蒋欣玮抓着小李全速跑着，尽管有肾上腺素的加持，依然能感受到身上每一寸肌肉的哀号，它们嘶吼着，像是对蒋欣玮表达抗议与不满。

就在这时，贾斯汀注意到 BDD 的数据出现了差错，上面的数字正在迅速上升，已经被风暴干扰到了，风暴就在身后，即将将副机卷入其中。此时，蒋欣玮也带着小李来到了副机底下，他用尽最后的力量，生生地将小李托了起来，梁姜和贾斯汀反应很快，立刻伸手抓住小李，将他拉进了副机，舱门关闭了。

蒋欣玮抬头看着他们离开，淹没在了风暴里。

B623-A 的数据分析 数据截止于 266.10.12

确认 266.9.10.2 报告中的映拓数据正确，存在大量反氢物质，预计三天足够采集 140 航程的燃料，无其余异常。

……

第五章　死亡的"圆柱体生物"

只有两个人的中控室显得格外安静，刘黎坐在座位上，不时挠挠耳朵，再看向李润祺。他们不能离开这里，直到有蒋欣玮等人的消息。

终于，刘黎还是没能忍住，直冲着李润祺说："李润祺，你也说两句呗，这么大个地儿就咱俩守着，你还不说话，怪瘆人的。他们都下去多久了，不会死了吧？"

李润祺沉默了一会儿，才说："我在通过远洋号拍摄地面的环境。"

刘黎接着问道："你看出来了啥？"

李润祺又沉默了一会儿，才说："他们降落的位置出现了超级风暴。"

刘黎一愣，下意识地骂了一句，接着拍了自己两下："那怎么办？"

"刘黎。"李润祺说，"有没有能将恒星能量转化为燃料的办法，或者能够快速开采燃料的办法。"

"有，当然有。"刘黎说，"但是这颗恒星给的能量不是咱船能用的燃料，没法用。你咋突然问这个？"

"我们星盘剩下的能源就只够维持 21 个标准时，如果他们遭遇意外，我们需要考虑应对可能出现的攻击。"

"你小子是一点都不担心他们？"刘黎问。

"担心没用，我们需要解决问题。"李润祺说。

就在这时，观察窗上出现了副机的信号投影——是周温月。

"李润祺，贾斯汀他们回来了没有？"周温月问。

"没有。怎么了？"

"这颗恒星上有一些异常读数，我已经发回给本部了。距离他们下去已经过了 7 个小时，而他们降落后 4 小时左右指定地点就会出现风暴，应该考虑下去营救他们。"

"对啊，李润祺，咱找几个人下去探探吧？"刘黎顺着周温月的话说下去，一边偷摸看着李润祺的表情。

李润祺先扭头扫了一眼刘黎，再重新看回周温月，接着站起身，似乎在刻意拖延要说接下来这句话的时间。过了一会儿，他才徐徐开口道："我问过科研部，目前没有救援型硅基生命可以在那样的环境下正常工作。蒋欣玮机长设定的转正时间为 24 标准时，这意味着假如他们遭遇了第 4 个小时的风暴后，我也还有 20 个小时才能拿到所有权限。"

周温月似乎明白了，她的脸上难得地出现了一丝凝重。

刘黎则又挠了挠脑袋，有些不解地看着李润祺，等着他继续说下去。

"这意味着。"李润祺说，"远洋号不能再损失更多的人才了，蒋欣玮机长不希望我们更多人白搭在这颗星球上，他们签的协议里是允许牺牲的。"

随着略带颤抖的最后一个话音落下，中控室内变得格外寂静。

李润祺坐回机长的位置上。周温月断掉了通信，刘黎到最后也没能说出什么。李润祺调整呼吸。"远洋号。"他说，"发现 B623-A 有任何异动立即向我汇报。"

"好的，李润祺机长。"远洋号说。

蒋欣玮睁开了眼，他此时正处于风沙中间，风暴在他周围旋转。正常来说，这样的风暴眼中心平静是正常的，气旋是辐合的，风暴眼由极强的离心力形成，特点为四周环绕着高耸对称的眼壁，在所有的风暴中，眼睛是风暴中最低气压的位置。

唯一有一点令人费解的是，他是飘着的。

在空中，稳定在风暴的中心，飘着，跟他一起飘着的还有一架副机。

"喂，喂，机长，能听到吗，机长？"是贾斯汀的声音。

"汇报副机内情况。"蒋欣玮侧着对着宇航服内的麦说。

"目前副机无异常，舱内无伤亡，我们被风暴卷进来了。你咋能在天上飞啊，机长？"贾斯汀的声音听起来十分疑惑，朴素的语言意味着他的知识已经无法处理目前的情况。

"有什么发现吗？"蒋欣玮问。

"这个风暴好像是有意为我们开道送我们进来的。机长你还记得之前在盘内流传的那张图吗？排列在一起的杆子或者胶囊，我认为是他们救了我们一命。"贾斯汀说。

"机长。"是梁姜的声音，"在我们进入风暴的过程中，我看到过一些成块的地方，虽然不能观察得很仔细，但风暴内有东西。"

正说着，从风暴中钻出来了一个红褐色的圆柱体，表面被褶皱覆盖着，褶皱却没有任何裹上颗粒的痕迹，它向蒋欣玮移动过去，移动的过程十分平滑，像是在一块没有摩擦力的地面上滑行，而不是在空中，而不是在风暴内。

最后，那个物体停在了蒋欣玮的面前。

"跟他说话，跟他说话，跟他说话，机长，跟他说话。"贾斯汀的声音带着一丝兴奋的颤音。

"您好。"蒋欣玮说。

那个圆柱体微微颤抖了一下，接着，蒋欣玮的宇航服就传进来了一个声音。

"您好。"蒋欣玮说。不，不是蒋欣玮说的，他甚至有一瞬间的迟疑，这是跟蒋欣玮一模一样的声音，传进了他的宇航服里，这个声音甚至没有任何因气压导致的失真，跟蒋欣玮听自己说话时听到的声音完全一致。

"……我谨代表科学会，向您方致意。"蒋欣玮一边说着，一边将自己宇航服的话筒打开。

"我谨代表科学会，向您方致意。"那个声音说道。

"机长，我认为这种行为是它们无法理解我们的语言，所进行的一种模仿行为。它们只能理解这种声音是在试图进行交流，和之前我们发生的光信号一样，但无法理解这种交流意味着什么……为什么它们能飘在天上？"

就在这时，蒋欣玮听到了敲击声，是从自己的宇航服内传来的。

蒋欣玮没有动，只是看向身前的圆柱体。

"这个声音能分析吗？"蒋欣玮问。

"没有什么规律……在远洋号上可能有办法，宇航服的记录我已经都保存到副机里了。"贾斯汀说。

梁姜跟在贾斯汀后面接道："雷达显示我们一直在移动，我们正被带着移动。"

蒋欣玮盯着面前的圆柱体，它安静地伫立在那儿，耳边只有不时出现的敲击声。

周温月坐在椅子上发呆。

这可能是这几年来的第一次，面对着粒子对撞机，她却什么都想不到。她明白，这是自己的问题，在星盘上随时有可能出现意外，这一条是写在协议里的，每个人都会在上面签字，每个人都知道自己随时会葬身在这片虚无的海洋里，只是在签字的时候，大家都很难想到身边的人跟自己签的协议是一样的。

"温月姐，你还好吗？"一位研究员本来想过来说些什么，却被在对撞机面前发呆的周温月吓了一跳。她从来没出现过这种神色。

"我没事。怎么了，小许？"周温月回过神来，稍微冷静了些。

"啊，B623-B 的辐射表结果出来了，但无法解释为什么会向外排出反粒子。"小许说。

周温月示意他将辐射表的结果发给自己。

那份文件不长，只显示了 B623-B 的辐射表结果，这结果却比世界上任意一颗行星都正常，如果说每颗行星都有自己的秘密，那这颗行星就是把自己的秘密毫无保留地告诉了所有科研人员，也正因此显得更加神秘。

"还有什么没测过的数据吗？"周温月问，得到的答案是已经把能做的都做了，人类所能想到的所有事情都完成了，却依然无法解释反粒子为何会自己不通过任何介质就从反物质转化为暗物质，就跟一个牛排突然变成了叉子一样，无法理解。

"先停下吧。"周温月说，"恒星那边的异常数据有消息没？"

"总部那边一直在研究，目前没有新的数据传回来，大家都卡住了。"小许说。

周温月离开了粒子对撞机，坐到实验桌旁。小许也坐到了实验桌的另一边，顺便锤了锤自己的腰。最近好像是有些不太在乎自己的健康，等回本盘的时候去医疗部看看吧，他想。

"小许，去给我申请一个下去的权限吧。"周温月说。

"啊？"小许一时没有反应过来。

"科学不能只依靠这些数据。"周温月说，"我需要可以登陆 B623-B 的权限。"

此时的远洋号上，刘黎和李润祺正等待着最后希望出现的可能，忽然，一个人出现在了中控室内——是一名科学会首席。

刘黎和李润祺立刻站起，敬礼。

首席示意他们放下手，转过头对李润祺说："他们有消息了吗？"

李润祺说："我们还在等，目前没有新的消息。"

首席微微颔首，看向观察窗外，那颗庞大的气态巨行星，灰黄的大气覆盖着表面，像一块巨石悬在空中。

"请问首席有什么事情吗？"李润祺问。

首席回过头，上下打量了一下他，然后说："你是代理机长？"

"是的，首席，我是李润祺，远洋号领航员，现任代理机长。"李润祺说。

首席来到李润祺身旁，示意他坐下。

李润祺坐下后，首席才坐到他身旁，慢悠悠地问了几个问题。

"在盘上还习惯吗？"

"还可以，在努力适应。"

"熟悉盘内事务时有什么麻烦吗？"

"目前还在熟悉，才刚刚开始，但没遇到什么阻碍。"

"如果觉得有困难，可以让刘黎帮你……"

首席就这样慢慢陪李润祺说了许多话，刘黎不知道什么时候已经走了出去，把中控室留给了李润祺和首席二人。

在整个过程中，李润祺察觉到自己并不紧张，就像在和一位很熟悉自己的长者聊天一样。

最后，首席站起身时又深深地看了一眼李润祺，看着这个蒋欣玮的接班人，随后便离开了。

在很早之前，这个首席是蒋欣玮的上司，是远洋号的机长，如今是代表航天学的首席。看到蒋欣玮和自己一样选择领航员作为自己的接班人后，他感觉到了一丝来自内心深处的触动，这种触动更像是一种由指导者和接受者演化而来的传承感，被认同和理解，还带着些对生死未卜的命运的担忧。

另一边，蒋欣玮被带到了一个半圆形凹下去的地块里，和别处不同的是，这片地块凹下去的部分没有气体，中间被一个阶梯分为上下两层，上层聚集着很多相似的圆柱体，下层则空无一物。

裹着蒋欣玮他们的风暴消失了，露出了飘在风暴中的许多"圆柱体"。蒋欣玮抬起头，他们的副机被稳妥地放在了地块上层的位置。

最早出现的圆柱体飘向了地块的正中，一阵可以感受到的强烈气浪扑面而来，蒋欣玮有些吃力地退后两步，却又从身后感受到了另一股推力，稳住了他的身体。周围的圆柱体却似乎没有受到影响，身体微微颤动着，似乎在应和这股气浪。

气浪停息后，他们的副机缓速移动到蒋欣玮身旁，舱门打开，梁姜和贾斯汀已经等在了门口。

"有记录吗？"蒋欣玮走入舱门，身后舱门关闭，借由这颗星球的气压完成最后的密闭工作。

梁姜说："有，我把刚刚的内容全部记录在了面板上。我推测这是一种具有表演性质的聚集性娱乐活动，地块的正中可能就是舞台，剩下的还需要进一步的线索。"

众人又等了一阵，发现台上出现了许多相似的圆柱体生物，排成矩阵，每个圆柱体却都没有动。众人等得枯燥。就在这时，第一个圆柱体倒了下去，然后第二个，第三个，不停有圆柱体落到地上，接着退场。

由于眼镜在这种环境下容易损坏，而且也容易掉到宇航服中，所以梁姜并没有戴上眼镜，而他此时倒有些后悔。需要进行的观察和计算太多，有眼镜辅助可以没那么吃力。

"他们种族的这项表演可能和前科学历时期的斗兽场很像，那些落到地上的圆柱体都受到了不同程度的伤害。他们可以隔着时空完成对对方的一些攻击或者……"说到最后，梁姜的语气显得有些不确定，虽然在人类文明尚未开化的时期有类似的活动，但这种文化和之前在星盘上的文档中了解到的科技是割裂的，文化水平和科技水平不可能有这么大的割裂。外星文明是无法理解的，他突然想。

"或者，"贾斯汀说，他看着台上的表演，"这个文明可能跟我们的科技进程并不一样。"他看着那些圆柱体的身体结构说。

梁姜："什么？等会儿，那是冰吗？"

贾斯汀一愣，眼睛扫向平台："哪儿？哪儿？"

正说着，贾斯汀突然看见在台上的某个角落，一块晶莹剔透的冰块浮在空中，台下的观众此时正颤动着，似乎是在庆祝这块"冰"的产生。

"冰？这个地方？"贾斯汀对自己的眼睛产生了质疑，他又抬头看了看远处刮着的风暴，又看向台上的结晶，晶莹剔透的冰，"不是，应该不是，这地方，咋可能会出现冰啊，这星球确实有水分子，但这儿的温度和气压……咋可能支持冰啊？这，哪能有这么科幻的事儿。"

梁姜并没有回应他的质疑，他打开面板，打开备忘录，力图用自己的语言还原这场战斗。

蒋欣玮说："视频和文字？"

梁姜说："对，我都想备份一遍，我还想记录他们的作战风格和一些对他们能力的猜测。"

贾斯汀斜眼看向梁姜说："你记这玩意儿干啥？"

梁姜手上没停，并没有在意贾斯汀带刺的提问，继续说："我想记录他们的战斗场面，用来研究他们的作战方式。如果我们要开战，这是一手资料。"

贾斯汀听罢，一拍桌，义正辞严地说："能不能别让肮脏的人类文化玷污纯洁的外星心灵？"

梁姜终于停了笔，抬头，挑着一边的眉毛，和没什么波动的眼睛形成对比，表达了自己对贾斯汀为什么能说出这句话的诧异。

"开玩笑的，别理我。这种表演性质的东西记下来和实战有差距吧？"贾斯汀摆正神色，问道。

梁姜看回备忘录，梳理着自己的语言说："不只是表演性质，那些从场上下来的圆柱体已经死亡。"

"啊？"贾斯汀愣住了。

梁姜接着解释道："他们如果活着，是竖着的，但那些下到场下的圆柱体都是横着的，而且下场时他们的身体有一种很强的被拖拽感，应该是外面的圆柱体把他们拉下去的。"

贾斯汀又看向平台。"拖拽感，哪儿啊？"他的眼睛上下翻飞着。

"有轻微的拉伸和不自然的运动。"

"……哦。"

梁姜 新建备忘录 12

表演柱体在表演时，部分柱体的周身可见光出现折射现象，根据程度将其分为 4 等，分别为明显折射、较明显折射、不明显折射和完全不折射。

其中：

27 位周身出现明显折射。#附录名单

39 位周身出现较明显折射。#附录名单

32 位周身出现不明显折射。#附录名单

104 位周身完全不折射。#附录名单

以上仅为肉眼观察数据，进一步详细数据将由副机记录整理，交由远洋号进行分析。

值得注意的是，出现明显折射的 64 号身边出现了一块小型"冰"状物质，他身边的 63 号周身未出现折射，早在开始标准时间 12 分钟后就落地离开，65 号周身出现不明显折射，在 64 号折射出"冰"状物质 34 分钟前就落地离开。结出"冰"状物质后，标准时间 5 分钟内在其附近落地的表演柱体有 62 号（不明显折射）、68 号（明显折射）、54 号（明显折射）、77 号（较明显折射）、80 号（较明显折射）。

更多数据还需等待远洋号进一步分析。

……

一段时间后，台上只剩下一个圆柱体。毫无悬念，是那块身边结冰的圆柱体。"主持人"再次上台，副机周围的气体又一次被音浪震出波浪状的纹路，梁姜注意到主持人身边的折射比之前上台所有人的折射都强。

这令梁姜更疑虑了，按照他的估计，这种折射的攻击手段应该是周身折射的更强则更厉害，但为什么主持人又能发出比台上选手更强烈的折射？和气浪有关吗？梁姜又想到了之前的风暴。

梁姜还在思索的时候，一个声音打断了他的思路。

"该回去了。"蒋欣玮说。

梁姜打开面板，时间的流速会因为移动速度等因素改变，所以一般航天时面板使用的表会始终根据观察者运动状态和重力场强度进行校准。但是航天员在进行完一段时间流速感受偏移的作业后，有概率患上一种对时间感受失真的病，他们会下意识地不停看表，不知道自己对时间是否有把握，会觉得自己在不停晃动的瓶子中，周围任何涉及时间观念的行为或物体都会让他感到焦虑，想跪在地上放声尖叫，只有自己面板里的那块表是稳定安全的，视线离开那块表后，便没有东西可以相信，没有东西是确定的。

这种病极度危险，所有的行为认知都建立在时间中，包括自己的任何移动，包括心跳和呼吸，大多数病人都会不堪折磨选择结束自己的生命，甚至有些会在这种状态下被折磨致死。所以，察觉到这种症状时要第一时间就医，不要逞强。

此时，距离他们离开远洋号已经过去了 18 个标准时。

梁姜说："机长，我们现在离开可能会导致他们反感。"

蒋欣玮则说："现在我们无法互相理解，如果他们有足够的思维认知就能认识到这一点。我们的直接离开在他们眼里可能是一种无法理解的生物行为，既然在开头他们会模仿我们的行为却没任何攻击意图，那这就是最合理的选择。准备升空。"

此时，尽管已经过去了 19 个标准时，李润祺和刘黎仍坚守着中控室，没有任何离开的意图。李润祺正低头整理着自己面板上远洋号的各项工作，他需要对这架星盘负责，而刘黎此时也正低着头……他是什么时候睡着的？

忽然，远洋号的声音在中控室内响起："报告，有一艘副机正在向我们靠近。"

李润祺抬头，说："接通通信。"

刘黎猛地坐了起来，一边咂吧着嘴，一边调整通信频道，也就在这时他注意到了频道里对方的信号编码。

"是我们机的，是我们机的！是我们的船！是机长他们！是机长！"

他跳起来，站着完成最后的通信连接。

李润祺也快步小跑到刘黎身边，盯向通信界面，又抬头看向观察窗。

很快，观察窗上出现了副机内的景象，7 个人稳稳当当地坐在自己的椅子上，一个也没少。

"李润祺，汇报情况。"蒋欣玮说，此时他正坐在副驾驶位上。

李润祺站定，利落地冲着机长敬礼，接着说："报告机长！燃料问题已经初步拟定以 B623-A 为主的补给方案，周温月申请进入 B623-B 进行考察，综合各方意见后已经批准。请指示！"

蒋欣玮看着笔挺的李润祺，似乎想多说些什么，最后却没说出来，只是说："好，我们马上回来，准备对接。"

"收到！"

很快，远洋号打开了机舱大门，蒋欣玮的副机回到了仓库中。

第六章　建立在微观之上的"生命"

一回到远洋号，贾斯汀等人还在接受气压仓治疗时，周温月的视频通话就打到了贾斯汀的面板上。

"喂喂喂？温月姐咋了？哥们回来了！"贾斯汀一边说，一边对上了周温月一成不变的脸。

"我需要你看一下这个读数，这是我们在 B623-B 提取到的杂质数据。"

贾斯汀的笑容僵在了脸上。

"这是一刻都没得消停啊。"说着，他打开周温月传过来的资料，脸上的笑容渐渐消融。

"温月姐，你确定这读数正常吗？"贾斯汀说。

"确定，五次的数据都在这儿了，偏差值不超过两万。"周温月说。

"很奇怪……很不自然。"

"没有什么想法吗？"

"没。从来没见过这么多无法检测的杂质……我们去的那个行星也有问题，地表物质也是自然不可能生成的东西……"贾斯汀说得比较犹豫，看着这项数据陷入了深思。

周温月问："人工的吗？"

贾斯汀说："还不清楚。还需要把他们的语言了解清楚才行。暗物质的进展怎么样了？"

"B623-B 的反物质放射应该和暗物质有关，现在的主要精力都放在那儿了。"周温月说。

"行，那我就先不关注你们那边了。估摸着后面也没精力了。"贾斯
汀说。

之后二人又寒暄了几句，便挂断了电话。

贾斯汀闭上眼睛在气压仓内养神，感受着挤压自己身体的气压逐渐
恢复正常。在副机内要一直穿着宇航服的其中一个原因，便是宇航服会
一直保持着其中一个强度的帕斯卡，以保证不会出现因为气压失衡导致
的耳鸣、头晕、鼓膜破裂、减压病等症状，气压仓则是根据面板提供的
身体数据对周围的气压进行调节，以逐渐适应正常的气压环境。

接下来又得忙起来了。贾斯汀想。

如他所料，从第二天起，本来打算多睡一小会儿的他就被小李拉起
来，进行对 B623-C 星生物语言的破译工作。

首先，他们的语言体系和人类现有的各种语言很大概率是不一样的，
所以以人类语言为研究对象的语言学科经验大概率并不适用，这就需要
找到一套全新的办法。

贾斯汀首先将录制下来的敲击声进行整合，和目前已掌握的各语言
体系进行比对，排除掉任何该语言和人类的语言体系重叠的可能，正式
确认完全踏入了一个新的领域。

应该如何着手开始便成了一个大问题，按照索绪尔的观点，言语指
个人说话的行为，言语的多样性是由相同符号反复出现而组成的，并逐
渐呈现出一定的规律性，从而抽象化为语言。因此，语言是有规律、有
制度的，是某种契约，是一个潜存于大脑之中的语言结构规则体系。

不管怎样，对方的这套语言都必然是有契约、有规律的。

首先，贾斯汀的团队打算使用国际音标去记录这个语言中出现的语
音，这依然是过去在人类语言体系下了解新语言的方法，接着根据音标
归纳音位，根据音位和常用词来进行了解。

但是，目前他们的语言体系呈现出来的只有两种方式：敲击和音浪。

哪怕再怎么将其进行归纳，仍然找不出其中的规律，如果把对方的敲击和音浪算成两种语言风格，用来面对大众和私下的聊天，那确实有些敲击音高，有些音低，但是目前的样本太少，无论敲击还是音浪，都根本无法形成一套成规律的说话方式。

所以，必须再次下去进行语言样本的收集。

贾斯汀将这个想法第一时间告诉了蒋欣玮，本来贾斯汀还认为可能需要一场盛大的演讲才能说服他，没想到蒋欣玮在得知了这个想法后便表达了允许，这让贾斯汀准备的长篇大论一下落空了，剩下的话梗在了喉咙里。

在第二次下去前，贾斯汀团队首先定位到了之前"表演"的那个平台，接着七个人降落至那个平台，平台在没有 B623-C 星人时也会被沙石覆盖，这引起了贾斯汀的注意。由于平台大概率是对方搭建的，所以对方在有活动时这个平台一定会启用。

但启用的时间可能并不固定，短则一两天，长则三年五载。所以贾斯汀团队本来打算以平台为原点建立坐标系对周围进行排查，但很快，他们就发现，B623-C 星人在每次他们降落到平台上一段时间后就会过来，而且当该地处于阳面时赶来的 B623-C 星人会更多，阴面则会更少。而贾斯汀也为他们取了一个更顺口的名字：杆子星人。

当小李问到贾斯汀为什么叫这个名字时，贾斯汀说是一拍脑子定下来的。

每次贾斯汀申请进行交流时，蒋欣玮都会跟着一块过去，一方面是表达对对方的尊重，另一方面是可以更好地跟进交流的进度和情况，梁姜则是被安排在了盘内，和李润祺一同负责处理星盘上的各项事务。

???

对方的语言体系和我们并不一样，所以不能以我们的语言去揣测对方的语言。

对方的语言没有象形的部分。

对方的语言可能和刻痕有关，至少我认为是这样。

对方每次和我们交流后就会离开，我们仍不知道他们去了哪里。

……

一开始，破译工作的进展比想象中要顺利。

根据目前所知的信息，贾斯汀推测杆子星人肯定能以某种方式控制周围的各种粒子进行改变，甚至有部分人可以凝结出宏观可以观测到的物质。

这个猜想就像是给整个团队都打了一针强心剂，如果这是真的，那意味着杆子星人的交流体系是建立在微观上的，他们整个生存体系甚至可能都是建立在微观上的。如果这是真的，那可能他们将会是第一批定义微观种族或微观文明的人。当然，虽然贾斯汀曾对这个说法嗤之以鼻，但如果对方真是一种依赖微观活着的生物，那这也是能让贾斯汀振奋起来的消息。他可以通过灵活的概念重新定义微观生物。

这一切的前提是能够将对方的语言完全掌握，再通过交流询问生活细节就可以定义他们，接着持续对这个可能意味着新领域的新物种进行研究，就有可能会碰撞出新的火花。

当然，贾斯汀团队很快就迎来了瓶颈。

确实，要掌握一门语言要从交流开始，指着一个东西询问那个东西叫什么，接着复述一遍对方的语言，并根据对方的行为来判断是否正确，这是一件很简单的事情。

问题就在于，两边是无法互相理解的，杆子星人甚至连手都没有，他们可能压根并不清楚"指"这个行为的含义，每次团队中有人指着东西询问时，第一次和第二次的敲击音甚至可能不一样。

为什么对方的语言呈现出来的是敲击音？

针对这个瓶颈，贾斯汀的团队坐下来开始认真地思考这个问题。

敲击音意味着杆子星人的语言需要通过某种载体打到对方身上，通过这种击打识别对方的语言。也正因为这个，贾斯汀的团队有了一个大胆的猜想。

第二天，贾斯汀等人穿好连夜改装的宇航服来到了平台上。

不一会儿，杆子星人也赶到了。贾斯汀率先走向前，手中拿着一颗钻石。

其中一个杆子星人也向前走来，来到贾斯汀身前。

贾斯汀伸手，将钻石伸向杆子星人。

杆子星人还在疑惑之际，贾斯汀开口了。

"碳。"他说。

接着，是一小段时间的沉默，连敲击音也没有。

"碳。"他又说了一次，有些急切。这是他们团队定下的策略，拿着一个能抗住高压的宏观物质伸向他们，并通过复述构成这项物质的原子与对方进行交流，如果对方真的依赖微观而活，那需要做的就是祈祷对方能够理解这项动作的意思。

"碳，哥，这玩意儿是碳。"贾斯汀又说了一遍，摇了摇拿着钻石的手，"碳。"

突然，贾斯汀听到了敲击声。他松了口气，回头看向副机，副机打开的门口边上是连接着贾斯汀抗热服的电脑，而小李正盯着电脑，伸出的手竖起了一个大大的拇指。

电脑上，一个大大的图像映在上面，那是贾斯汀的抗热服被击打的范围，左上角是击打贾斯汀抗热服的原子：碳12。

而那个图像上，碳原子间等间距排列，原子间结构牢固，组成具有四个角相等的正四面体——形成了一个钻石晶胞。

"老大！"小李说，"我们好像有点小瞧他们了！"

第七章 天外之仙——预言中的救赎与灾祸

接下来的工作顺利了许多，贾斯汀团队通过不断呈现不同原子，让两边在微观领域拥有了越来越多的共同话题。接着，贾斯汀的团队将各种微观的东西组合，将其形成宏观的东西，将两边的交流成功引导到了宏观。杆子星人对宏观的理解似乎更加缓慢，但这并不影响两边的交流。

从杆子星人以图像交流的角度切入，贾斯汀团队也很快理解了杆子星人的各项行为，虽然杆子星人确实没有更多关于"行为"的语言，他们的语境中只有"走""快速走""拿起""放下"和"移动到"。

很快，装载好翻译器的宇航服便做好了。

另一边，周温月的研究也陷入了瓶颈。

B623-B落地考察工作很快完成了，在进入B623-B时并没有遇到太多困难，该行星的重力为0.40g，不需要什么特制的抗压服或者抗热服，走在地面上除了会觉得自己能跳的更高些，没有更多感受。

没有人知道当时周温月站在这颗星球上遥望着远处的B623-C时在想什么，也没有人知道这项申请给未来的研究带来了什么。

在周温月等人采集土质分析时，本来拎着P-CCD的人已经打算抽取浅层样本就走了，周温月却把P-CCD摁在了地上，并示意其他人继续提取。

提取结果出来时，每个人都看着它发愣，浅层样本与之前映拓的完全一致，主要由硅、铁、镁、钾、钠和铝构成。但随着激光的深入，里面的物质一点点被分析出来，渐渐只剩下两种物质：铁和氢硅。

和B623-C的地质样本几乎一致。

还有就是杂质，很多的杂质，没完没了的杂质，这反而是更令周温月头疼的东西，周温月的团队将数据发回了科学会本部，本部也对有这么多的杂质表示诧异，并表示无法解析这些杂质究竟是由什么构成的。

抛开星球类型，B623-B 和 B623-C 最大的区别可能就只在于有无生命上。

相对而言，B623-A 就显得可爱许多，它只是一个提供燃料的星球，没有什么谜题，没有什么困惑，它只是在那里转着，尽着自己作为一颗行星的本分，燃料还十分充足，足以供应远洋号未来很长一段时间的运转。

"我们这次只有 48 个小时的时间，目标是完成和杆子星人的首次正式对话，你们可以在面板上确认发给你们的工作细则，有问题现在问。"蒋欣玮说。

副机内，蒋欣玮等人正在前往 B623-C 的路上。这是首次穿戴搭载了翻译器的宇航服交流计划，根据之前聊天的细节，可以确定对方能透过宇航服来对蒋欣玮他们说的话进行理解，在这种情况下，翻译器的首要工作就是打破对方的这种习惯。

因为人口中说出的话必然是不可能模拟成特定的图像的，杆子星人可以，但是人类不行。通过了解可以确定对方的语言基本就是依靠各个原子来完成图像的连接，展示给对方，却没什么特定的编排模式，他们的语言甚至可以是动态的，如果他们想表达"快步走"这个概念，只需要拼出一个杆子然后让他跑就行。而且他们似乎每个原子都代表着不同的意思，贾斯汀很好奇，如果离开了这些原子他们应该怎么表达清楚。

这其实加大了翻译器的开发难度。好消息是，硅基生命愿意主动承担这项任务，贾维斯非常乐意进行这项翻译任务，于是他把自己的意识接入了宇航服，利用硅基生命集成大脑运算速率高的优势，对对方的语言进行分析和处理，并将人类的语言处理给对方。

副机很快降落在 B623-C 的内核上，落在了平台旁边。

这一次的交流不是由贾斯汀主导，而是蒋欣玮，而这一次梁姜也跟着一起，站在蒋欣玮的身边。

他们站在平台中央，很快，对方的杆子代表也来了，比起之前成群结队得来，这次只来了两个杆子，就像是知道这次的会见更重要一样。

"您好，我谨代表科学会向您方致意。"蒋欣玮一边说，一边关注着自己面板上的翻译器。

敲击音响起，蒋欣玮虽仍面不改色，但依旧能从他的心跳中感受到紧张。翻译器和他的面板连接倒是没有问题，但双方的语言体系差距始终过大，人类的语言没有创造力，在对方的语言体系下会显得格外蹩脚与拙劣，对方的语言体系包含了图像，每一颗粒子都意味着一种符号，而每一种小符号连接到一起又会通过不同的图像构成一个大符号，每个粒子每个原子的差距都有可能造成句义的不同，思维是语言的产物，没有人能保证人类贫瘠的语言逻辑可以很好地诠释对方想表达的意思。

"您好，我叫OPU，是我们种族的领袖，我们已经等候你们许久了。"翻译器上显示出了对方的说辞，到现在进展还算顺利，翻译器至少没有出错，这是好事。

"您知道我们会来？"蒋欣玮问。

OPU说："是的，我们曾预言过，最近会有天外之仙降临，会带来救赎，也会带来灾祸。请原谅我们曾未经允许就携带你们来到我们的庆天台。"

蒋欣玮则回应道："没关系，我们的文明以和为贵，如果你们不携带我们的话，我们可能会死在那场风暴里，再次感谢你们的帮助，我们是为和平而来，我们的文化向来不允许我们带来灾祸。"

OPU说："我们用我们创造的风暴车把你们隔绝开来，因为我们注意到你们的身体是脆弱的，我们依靠更柔和的元素托着你们，携带你们来庆天台，也是邀请你们来观看我们为庆祝你们的到来举行的庆典，这是我们的荣幸。可惜我们之前试图用你们的语言和你们交流，没能取得成果，可惜我们的相处不长，可惜你们会带来灾祸。"

贾斯汀等人在副机上正监听着，听到这句话，他一拍桌，转身看向身后的一众科研人员。

"我就知道我们之前的推测没问题，这风暴就是人工造出来的！"他显得有些兴奋。

蒋欣玮耐着性子，继续说道："我们是为和平而来，我们绝对不会给你们种族带来任何灾祸。"

OPU 说："我知道，我明白，灾祸不是从你们而来。是注定的命局，是我们该有的结局。没关系，我们喜欢灾祸，我们的种族一直在等待灾祸的到来，这是预言中的注定，这是我们的救赎。"

喜欢灾祸？这使蒋欣玮回忆起了上一艘远洋号，他的精神变得有些恍惚，但他很快便调整好了情绪，继续问道："我可以知道你们的预言具体是什么样的吗？"

OPU 说："跟我来吧，我们的阿瓦会决定是否要告诉你们全貌。"

接着，待在副机里的贾斯汀一众人注意到自己宇航服也被敲击着，他们连忙打开翻译器。

"如果需要的话，我可以邀请我们的科学家与你们碰面。"OPU 说。

"好好好，可以。谢谢！"贾斯汀说，如果不是重力的影响，他会一下子蹦出副机，并给 OPU 一个大大的拥抱，然而在这颗星球上，他只能缓步走下机舱，然后错过拥抱 OPU 的机会。

OPU 身后的另一个杆子向前飘了过来，来到贾斯汀身前。

"您好，我是 YT。"它说。

"您好您好，我可以留在这里吗？我想再观察一下你们的建筑。"贾斯汀说。他之前由于一直在处理语言的事情，一直没多少时间对这个平台进行研究。

"可以，这是我们举行庆天仪式的地方，如果需要的话，我可以向您们讲解一下。"YT 说。

OPU 说："请二位跟我来。"

此时，周温月的面板上正投影出一排排读数，忽然，一串异样的读数吸引了她的目光。那本来不是属于她管理的范畴，是属于科学会本部的。

她看过去，调出了 B623-O 的模拟影像，那颗星球上的一块耀斑映射在她脸上。

与此同时，远洋号收到了来自科学会的一条信息。

刘黎还未反应过来，一个巨大的预警标识就出现在通信界面上，随之而来的是一项播报。

"请远洋号立刻启动四级预警，请远洋号立刻启动四级预警，请召集所有离盘人士回盘，请召集所有离盘人士回盘，B623-O 即将转变为红超巨星，预计还剩 81 个标准时。"

???

今天在和天外之仙接触的过程中，我们进行了更深入的交流。他们把一些粒子注射进了我的体内，通过粒子他们才能够观察到我体内的各项元素。他们告诉了我一个崭新的领域——宏观领域。

暂时，我无法理解那个领域，我只知道那个领域是由无数个粒子构成的崭新的领域，而天外之仙，他们已经可以观测那个领域，但我们仍对其一无所知，很难想象天外之仙的学识水平究竟发展到了何种程度。

回去之后我需要了解那个世界，根据他们的说法，那个世界稳固又和谐，并不拘泥于各个元素单独的性质，却与微观息息相关。如果我的理解没错，那个领域甚至可以使用原子记录信息，是辽阔不拘束的世界。

……

B623-C 上的某处，梁姜和蒋欣玮二人正眼睁睁地看着 OPU 不凭借任何工具就跟地表融合。这种感觉很奇怪，就像地表的物质对 OPU 不会构成任何阻拦一样，就跟两个图层互不干扰一样，OPU 就这样向下移动着，且周围没有任何挖掘的迹象。

"请过来。"翻译器上显示，OPU 只钻了一半，露出了杆子的另一半。

"我们不能像您一样钻入地底，我可以知道这是在做什么吗？"蒋欣玮问道。

"哦，请稍等。"OPU 说。

眨眼间，OPU 的脚下便不再是土地，而是一条通向黑暗地底处的隧道。

没有任何声音，没有任何多余的尘土，那条隧道就那样出现了，这让蒋欣玮二人都冒出了一身冷汗，人类虽然可以凭借科技取得现在的成果，但是他们没有看到 OPU 使用任何东西，就连动都没动过。

OPU 率先向隧道深处走去，梁姜和蒋欣玮对视了一眼，跟着走了下去。

二人打开了宇航服自带的荧光效果，除了他们的身边和脚下的路，没有任何其他地方被照亮，就跟这个隧道没有墙壁一般。随着身后的光越来越远，二人的心跳声也逐渐清晰了起来。

"我可以知道阿瓦是做什么的吗？"蒋欣玮说。

"阿瓦是我们这里最出色的年轻人之一，在我们这里需要经过大量的学习才能成为阿瓦，他们可以通过物质来了解未来。"OPU 说。

就在这时，一条消息发送到了面板上。

梁姜：机长，之前他们的庆天台也很光滑，他们种族好像有人工修建平整的习惯。

梁姜一边看着地板，一边说道。

蒋欣玮回复：可能和他们感知世界的机理有关系。

需要我先告诉贾斯汀吗？

不必了，他现在应该在和杆子星人的科学家交流，等他忙完再说。

"你好。"贾斯汀说。

"嗯。"YT 说。

一小阵沉默。

"你叫什么名字来着？"贾斯汀说。

"YT。"YT 说。

"好。"贾斯汀说。

再次陷入沉默。

蒋欣玮两人和 OPU 还在向下走着，周围的漆黑让蒋欣玮和梁姜二人几乎看不见对方。

梁姜一边走，一边问道："OPU，我之前看到你们庆天台上有一个人造出了像冰一样物质，那个是冰吗？"

OPU 说："我们可以制造出来停滞状态的 H_2O。"

"是怎么做到的？"梁姜又问。

OPU 说："把 H_2O 和其他原子隔开。"

蒋欣玮和梁姜对视了一眼，梁姜摊手耸肩，就在这时，OPU 停下了脚步。

"好了，我们到了。"OPU 说。

二人抬头望去，一个巨大的、像门一样的东西屹立在那儿，那上面还雕刻着许多无法形容的图案。望着那些图案是一种很奇特的感觉，似乎总有一瞬觉得自己可以形容出来，明白这个图案上的某个角像什么，可当费心打算抓住这缕思绪时，这感觉又溜走了，像是从来没存在过一样。梁姜和蒋欣玮看向这扇门，二人都认为有什么古怪的事物就在这扇门上，但又说不上来，随着向下的深入，周围的重力也逐渐增强，貌似就快到宇航服的极限了。

"这扇门好像很久没打开过。"梁姜看向门的边缘。

蒋欣玮顺着梁姜的视线看过去，那扇门底下的磨痕已经落灰。二人都无法想象有这么大的重力为什么还能造出支撑住这个门的结构，这就和 OPU 徒手打出这个地道一样，看起来根本不可能。

说话间，这扇门已经被缓慢打开，并没有落下很多灰尘，或者说在重力的影响下灰尘很难附着在竖着的物体上。

"你们进去吧，除了阿瓦，只有你们可以进入这个房间。"OPU 说。

"为什么？"梁姜问，问完才意识到这个问题可能有些不妥，这可能是某种忌讳。

"因为你们是天外之仙。" OPU 似乎并不在意这个问题。

天外之仙？二人记住了这个名词。

他们走了进去，身后大门缓慢关闭，这个世界上似乎就只剩下了他们二人。这里看着像一座神庙，这座神庙空旷、寂静，荧光照不到四周的墙壁，他们踏步，像是行走在虚空中，没有方向，没有来路。很快，他们看到了第一个除了平地以外的东西：一段向上的台阶，台阶上面是一个平台，平台上有一个小凹槽，凹槽上插着一个杆子星人，不出意外的话，就是阿瓦。

"你们终于来了。"平台上的杆子说。

"您一直在等我们？"蒋欣玮问。

"我们从很早之前就一直在等待你们的到来。请跟我来。"阿瓦说。

他们看着阿瓦飘出了凹槽，飞向神庙边缘，他们的视野很小，只得赶忙跟着阿瓦走过去。

在这个过程中，二人都产生了强烈的被注视感。似乎一直在被一个目光盯着，锁定着。

两人跟着阿瓦来到神庙边缘：一个带弧度的墙壁。他们顺着荧光往墙壁上看，发现这个半弧形的墙壁上似乎铭刻着什么。

与人类的壁画不同，上面的图形又细又密，如果不仔细看，甚至会以为那只是一些缝隙或者无意义的划痕。

"这上面记载的是我们这颗星球所有的传说，在这里。最后一次天外之仙的到来，会带来一切，也会带来毁灭。这颗星球的命运将会偏移，一切都将被救赎。"翻译器上显示着阿瓦说着的话。然而，二人的目光却无法聚焦到翻译器上，他们已经完全被刻痕吸引了。

墙壁上刻满这种细密的刻痕，顺着看过去，这种痕迹就像河流一样淌过眼前。梁姜和蒋欣玮二人伫立在墙壁前，这个世界就像只剩下了宇宙和他们二人共同挤在这个狭小的空间里，宇宙紧致地包裹着他们，斗转星移，兴衰败亡随着时间不断更迭着，更迭到宇宙的终结。梁姜的喉头动了动，没能发出声音。那些不知多少年岁的刻痕，淌过时间悠悠的长河，最后安静地伫立在这儿，立在他们眼前，这些刻痕似乎一直在等他们，直到岁月的尽头。

"现今我们已经失去这种记录性的文体，我们并不能知晓它从何来，从中，我们只能窥见其中一粟。这个文字与这颗星球一样古老，这些刻痕和这颗星球一样久远。我曾经试着回望过去，望向找到留下刻痕的先辈，这些刻痕没有尽头，它只存在于过去和未来。"

梁姜又说："我想……"他依然没能完整说完。

他是在咨询意见，希望可以记录下这些刻痕。假如对方能够感知到微观宇宙，他们不知道这种行为是否会冒犯对方，冒犯这个地方。

阿瓦则说："你们可以记录，请便吧。"

说完，阿瓦又悠悠地飘回自己的凹槽，门已经不知道什么时候被悄然打开了。

二人不再打扰，梁姜打开宇航服上的记录功能，绕着墙壁走了一圈，他有些刻意地不让自己再看向刻痕，防止自己再次进入刚刚的状态——注意力被强制吸引到了那块墙壁上，这让此时的他产生了强烈的疲惫感和一种想再看一遍的欲望。

二人出门时，OPU 已经在外面等候多时了，在感觉到他们出来后便飘了过来。

OPU 说："怎么样？得到想要的答案了吗？"

蒋欣玮说："请带路吧，我们该返程了。"

另一边，终于聊到原子的贾斯汀等人终于开始了无休无止的讨论。

YT 说："所以，你们现在发展出了这样的文明？以语言为沟通载体来进行串联的文明，通过气体的传播来传播，哪怕用上无线电了，最后还是需要依靠气体，或者特定的文字图像？有意思。"

"对，到你了，到你了。"贾斯汀说，"你还没说你们的载体是什么。"

YT 说："我们的载体是粒子，我们可以，按照你们文明的说法就是可以看到这些粒子，我们可以改变这些粒子的状态。"

贾斯汀说："你之前同意我们做的基因组测序结果出来了。有一些无法理解的片段，不过，这个很正常，我们人类也在进化的过程中有一些废弃片段，是已经更新了几万年的屎山代码。好消息是，你们似乎才更新了四千年左右，等回头我给你们基因组带回远洋号上看看。好了，你们是怎么把光信号给打出大气层的？"

YT 说："我们只能在这颗星球内完成信号的构成，顶多能够实现在大气层依然保持原状，但是我们无法离开这里的大气层，到外面我们也会丢失我们之间的联系和信号。"

贾斯汀说："你对为什么会这样不好奇吗？"

YT 说："为什么要好奇？"

"不好奇？你们怎么会有科学家这玩意儿？"贾斯汀高速运转的大脑在听到了这句话之后陷入了短暂的宕机。

"有什么问题吗？"YT 似乎没有明白好奇心和科学家两者有着什么必然的关系。

"如果没有好奇心……你们怎么去寻找各个原子之间的联系？怎么说话？怎么会有科学家？"贾斯汀抓住了思绪中的关键一点。

"我们生来就会联系，生来就会说话，我的工作只是为了产生价值，我需要有价值地死去。"YT 说。

贾斯汀依然觉得有些奇怪的地方，但暂时说不上来。

贾斯汀："算了，先不说这个，我在这里准备了几道题，想简单了解一下你们对微观领域这一块的理解程度，之后的交流也能更轻松些。"

"来吧。"

"好，第一个问题，微观粒子指的是我的肉眼看不到的、没有生命的粒子，这些粒子被我看到时会怎么样？"

"会被打乱。"

"对，史瓦西半径是粒子变为黑洞时，其所有质量被拘束在内的圆球半径。粒子越重，史瓦西半径会怎么样？"

"黑洞？"

"你假设一个质量几乎无穷大的粒子集合体。"

"越大。"

"对，康普顿波长是量子效应开始变得重要时的系统长度尺寸，粒子质量越大，则康普顿波长越短，当粒子的康普顿波长大约等于史瓦西半径时，粒子的质量会怎么样？"

"会强烈地受到量子引力的影响。"

"对，我们叫这个为普朗克质量。最后一个问题，量子力学是主要研究原子、分子、凝聚态物质，以及原子核和微观粒子的结构、性质的基础理论。当微观粒子处于某一状态时，它的力学量，比如物体的质量和速度的乘积，物体的转动惯性和它绕某一质点转动的乘积，质量的时空分布可能变化程度的度量等，具不具有可预测性？"

"具有。"

"对……嗯？"贾斯汀说着，在面板上这道题的旁边画了个叉，"这道题错了。"

YT 问道："有问题吗？乘积是指它们两个互相叠加吧，比如一个粒子和二的乘积就是两个粒子。"

贾斯汀说："这个是正确的。"

YT 说："对吧，这样在你们说的微观粒子领域的计算会方便点儿。不然，物体的质量和速度进行其他符号的计算在这里就没有意义了。"

贾斯汀摇了摇头，说："不是这个，你们认为量子力学具有可预测性？"

YT 说："对啊，但是有点难，需要把所有粒子都考虑进去才行，我们种族里面就有人会做这个。不过经常不准，根据他们的说法也是我们现在能考虑的粒子太少了，只有我们大气层里面的，外面的粒子没法参与计算，因为我们的能力透不过大气层。有什么问题吗？"

贾斯汀这才反应过来，他似乎是认真的。

"等会儿，你们现在有人可以通过粒子。去了解未来发生的事情？"贾斯汀问出这句话时有些犹豫，他二十多年的学习生涯没有一刻告诉他这件事情是有可能发生的。

"是的，它叫阿瓦。有什么问题吗？"YT说。

贾斯汀有些失神地扭头，看了看周围的人，又转回头看向YT，他对自己的学识在一瞬间产生了怀疑，下一瞬间，他抓住的情绪是愤怒。

当然，这是一份不会显露出来的愤怒，这份愤怒是对自己的，对整个人类科学体系的，对这片星系的。这片星系在不断挑战、亵渎整个人类的科学体系，它就像是在告诉人类，前路你仍未看见的地方还有你翻不过的山脉，你过去翻越的那些山脉没有意义，对前方的山脉没有任何意义。

这让他有些受挫。

YT的又一句问话让他稍稍清醒了一些："有什么问题吗？"

贾斯汀说："不……不，没有……我不知道。"

YT又说："好了，轮到我问了，你们的中枢神经里有一片和其他地方的物质明显不一样的地方，那是什么？你们之前右边那个上身肢体的第二个指头和第三个指头交叉时，会有电通到那里，其他时间也在不断吸收和传出电。"

贾斯汀说："你，等我缓一缓。小李，你去。"

小李似乎也刚刚回过神来："啊。不好意思，你问的是什么？"

"你们之前右边那个上身肢体的第二个……"

"他问面板是啥。"贾斯汀说。

"哦哦。面板的全称叫人体工程辅助强硅基态芯片，我们一般叫它面板。"小李说。

"你们的中枢神经和这个面板连着？它能干什么？"

"对，面板的功能很多，其中最简单的就是增加记忆容量，监视身体状态，和人、仪器进行连接，你看。"

小李一边说着，一边将中指无名指交叉。

"这样我们就可以召出面板，面板上会显示我刚刚说的这些。如果不这么做，面板会进行低消耗处理，只会反馈你要提取的记忆，如果将这两个手指交叉，就会在我们眼前映出一些我们需要的窗口。"小李说。

"嗯，严格意义上来说不是眼前，是在眼睛将光信号传到大脑前，面板会通过这个面板叠层投射进你的大脑，这个叠层呈半透明状，在你眼前根据环境变色，所以不会出现因为背景看不清的情况。"贾斯汀的脑子缓了缓，接着说道。

"假如它氧化了怎么办？"YT问。

"一般情况下，这种结构的东西在我们死亡之前是不会氧化的。"贾斯汀回答。

"听起来好痛苦。"

"嗯？"贾斯汀第一时间又没反应过来。

"身体里的东西不会跟着自己一起死亡，是很痛苦的一件事情吧。"YT说。

"……"贾斯汀没能再说出话来，他想起来了之前YT说他要有价值地死去，也终于想明白了为什么会觉得不对劲。

一个没有好奇心的种族，是怎么能活到现在的？价值对他们又是什么？

B623-C 星人研究报告

生物种类：暂未归类。

生存环境：荒漠。分布于 B623-C 星球内向阳面，由 B623-0 提供的养分存活。

特性：群居，族群总数由庆天仪式进行控制，可以通过移动皮肤周围的粒子来完成类似"手"的功能,且能通过粒子感知周围的粒子。

形态特征:外表呈褶皱状,避热,长条状。

生理参数:神经网络发达,大脑神经元数量有 460 亿以上,大部分使用于控制周围粒子,与原境生物相比更抗热。

遗传方式:与真核生物域遗传方式类似,无性繁殖,通过将蜕下的壳重叠以完成遗传物质的对接,同时对幼体进行保护,其间由于无法承受向阳面的热量,他们会移动至背阳面进行繁殖,这会不断消耗能量,所以会由另外一个 B623-C 星人来回运输提供能量。

注:他们似乎从没试过多个外壳重叠在一起,并对这种猜想感到震撼。

……

第八章 20 小时!即将爆炸的超新星!

"怎么回事?为什么会出现这样的情况?"

李润祺看着报告紧锁着眉头,他又抬头看向远处那颗巨大的光球,肉眼并不能看出光球的好坏,只是在不断地向外发射蓝光。

"我不知道。科研部报告该行星急速老化,很快就要变成超新星炸了。我们必须得快点儿离开。"刘黎说。

李润祺"啧"了一声,又转头看向眼前的巨行星,抹了抹脸。

刘黎看出来了他的想法,说:"怎么办?机长他们还没回来。"

"科研部预估的时间是多少?"

"大概还有 52 个小时。"

"等。"

"他们已经下去 11 个小时了,我们最多只能再等 41 个小时就得走了。"

"别急。"

李润祺咬着牙关说道。

周温月已经回到了科研部,她正坐在椅子上,对着面板看这次的恒星报告。

她脸上几乎一成不变的表情已经有了松动,她盯着报告来回看着,眼睛又扫向了时间。无论多少次演算,都无法改变他们只剩下 52 个小时的结论。但此时,她并没有特别关注这份报告的剩余时间,她需要的是里面的数据。

"得热系数异常,恒星光度系数异常,临边昏暗系数……异常。"

她嘀咕着,忽然一个激灵,她又打开面板找到了一份名为《杆子星球报告》的文件。

她打开文件,又看着上面庆天台的照片以及氢硅和铁构成的金属结构。

她觉得自己已经快触碰到真相了。

随着浑身像被触电般的通悟,她带着颤音说道:"远洋号,给我模拟一下,这个星系的自然生成条件和人工生成条件的区别。"

"好的,已采集,请稍等。"

蒋欣玮和梁姜跟着 OPU 回到庆天台旁边,随着副机舱门的打开,贾斯汀带着 YT 走了出来。在两边互相致意后,OPU 带着 YT 离开了,蒋欣玮和梁姜回到副机舱,关上了门。

"你们这边怎么样?"蒋欣玮问。

"你是不知道,机长,你是不知道,你是真不知道!"贾斯汀说,他两只手在身前比画着。

"他们这个文明!我和你说,他们的身体结构可以随意控制周围的粒子,这意味着他们可以手搓我们能想象到的任何东西。我对他们的身体经过简单测算后有一个大概的猜想:他们的大脑容量大,同时身体结构紧致，分了好几层进行隔热，但是并没有封死。他们的这种隔热方式我们是可以借鉴的……扯远了，他们的大脑大部分是用来对周围的空间粒子进行感知的，他们的皮肤没有任何感知能力，但大脑有。他们可以活动和控制大脑对周围的粒子完成形状样式上的修改，然后通过连锁反应，反应到周围的粒子，这样就可以控制周围的一片粒子形成粒子场域。不过，有一个缺点就是，他们无法把粒子压实，变成像我们所说的宏观物质，想达成他们的那个风暴车，必须得由几个人一起合作才行。对，他们的语言系统也依靠这个，很有意思，通过对周围粒子的精确控制，用不同的粒子的不同形状，表达不同意思，他们的世界没有文字。这种语言风格想发展出文字简直难如登天，首先载体就很难确定。他们文明的文化，是最最最最有意思的地方，他们的文明崇尚死亡。这个和我们文明的原始崇尚不同，他们是对死亡有足够的敬畏，不会轻易死于不平凡，他们的死亡必须得在某个崇高的事件中死亡，他们的大祭司，他们叫'阿瓦'，就是这种崇高事件的推崇者，说每个人都会在这种事件中死亡。比如这次庆天台的死亡就是十分有价值的。不过很有意思的是，他们说他们在等待一个集体种族性的灭绝事件，这个有待商榷。对这种文明的这种思潮，我理解不了。好了，我喝口水。"

说完，他长出一口气，发现周围的几人都在看着他。

"你们怎么都不说话？"贾斯汀问。

梁姜说："你可以继续说。"

"好的，他们的……"

"停！你停下。"蒋欣玮连忙打断了他，"梁姜，把我们今天拍摄的墙壁影像发给他，回去给科研部也发一份。通知医疗部对你和我进行一次全身检查，检查是否有被任何影响过的迹象。"

副机升空，很快就连接上了通信。

而通信刚一恢复，刘黎的大脸就出现在了观察窗上。

"机长！你们可算来了，这恒星要炸了！"

　　蒋欣玮和梁姜二人来到中控室，远洋号全盘上下均被紧张的氛围笼罩着，两人在来中控室的路上几乎没见到几个人，就算是见到也是匆忙奔跑着，每个人都坚守在自己的岗位上，一刻也不敢离开。

　　在星盘上，面对任何危机时间都不会宽裕，哪怕只是一个指令的传递稍慢了些，都有可能会给后续其他部门造成极大的影响。

　　"李润祺，汇报情况。"蒋欣玮说。

　　"单恒星不知因何缘故转变为了超新星，星盘在70光年内都不安全。我们得赶紧走了。燃料已经补充完毕，我们可以出发了。"

　　蒋欣玮没有说话，而是在看着科研部发到他面板上的针对这次危机应对措施的资料。

　　"B623-C怎么办？"梁姜问。

　　蒋欣玮依然没有说话，刘黎却发话了："就这么点时间咱跑都来不及。哪还有时间管别的生物啊。"

　　他一边说，一边看向蒋欣玮。

　　蒋欣玮闭上眼睛，这一幕和那场灾难非常相似：救一颗星球上的生命，还是保住自己星盘和上面的所有人？

　　上一次，蒋欣玮在面对那场浩劫时，他选择了拯救一颗星球上的人。这也导致他的星盘坠毁，一盘人死伤无数，就连他的妻子也死在了那场浩劫中。

　　他曾无数次想过重来，他的星盘根本没办法拯救那么多人，最大载重也不够，也没有义务和必要拯救他们。

　　一厢情愿，甚至最后连星球上的人也没救下来，被陨石砸向了覆灭。

　　再来一次，他还会这么选吗？

　　没有更多时间思考了。

　　危机迫在眉睫，他必须做出决断。

　　而这一次，他不一定会输。

"这是一次非强制任务，愿意离开的，现在可以乘副机离开。"他说。

可能会再一次带着这架星盘走向灭亡，可能会再一次面对失败的困境。

作为一架星盘的机长，他的职责是保护好这架星盘。但在保护好这架星盘之上，他作为一个人类个体，作为一个几万年演化而来的群居动物，他更明白这架科研型星盘的目的是为了踏入这个宇宙更深更远的疆界，是找到这个宇宙大一统理论的办法，是面对这个宇宙一次又一次为了生命的存续寻找它们应得的可能。

科学是闭塞的，是被解释的，是落入抽象经验主义陷阱的。

蒋欣玮明白，但他同时也明白，科学是人类理性最后残存的光辉，是对这个宇宙发起的一场看不到尽头的挑战，是一场持续了千年的、为了万物和谐共生做出的终极努力、为了自私的立场向着一个无私的目标的长征。

所以再来一次，他还会这么做。

刘黎瞪着眼，瞪着蒋欣玮许久，才能蹦出一句活："啊？机长？"

蒋欣玮并没有理会他，继续说："远洋号，替我调取科研部频道。"

就在这时，一个人影出现在了中控室内部，代表着航天航空学的首席出现在了室内。

蒋欣玮站起身，敬礼。

"向您致意。"蒋欣玮说。

"向您致意，蒋欣玮机长。"首席说。

"我们注意到你发布了一项非强制任务，所以我需要来和你对接。"首席说，"你是怎么想的？你想去救 B623-C ？"

"是的，首席，这就是我的意思。"蒋欣玮说。

"那你是否知道。"首席说，"该文明和我们文明开战的概率为 76%，该文明能够消灭人类的概率为 61%。你确定要为此冒险吗？"

"机长，机长，我和温月姐算了一下，如果我们现在离开可以正好……"贾斯汀一边走进中控室,一边说道。就在这时他看见了首席,闭上了嘴巴。和他一同前来的还有周温月。

"首席,科研盘的一切宗旨都是为科学服务。"蒋欣玮说,"如果保存住这个文明,则有可能让人类文明对微观世界的研究更上一层楼,我认为值得为此冒险。再者,我不认为该文明能从人类过去的经验中找到例子,在和他们的接触过程中,双方始终友好、和谐,互相尊重、理解。我们和这种生物互助共赢,完全可以帮助我们的文明取得更进一步的发展。我不认为人类文明应该允许任何一个种族的消亡。"

首席安静地听完蒋欣玮说完,才慢慢开口道:"如果你真这么想,之前说的不想和 B623-C 接触又是什么意思?"

"和刚刚的理由相同,我们不需要无意义的牺牲。"蒋欣玮说道。

"那如果未来我们与这个种族交战,难道不会增加更多的牺牲吗?"首席问。

他眼中的蒋欣玮还是那个刚满 21 岁就成为领航员的小孩,无论是之前选择退出远洋号,还是现在选择仍站在这里,这种行为只能代表着不成熟。哪怕已经成长为远洋号的机长,却不能保证他足够成熟到能对这个事件下最后的判决。

首席需要明白,蒋欣玮是否真的清楚这个决定意味着什么。这个决定意味着两个文明将来可能会进行长时间的接触和交谈,两个文明在接触一段时间后两边的文化必然会产生大量的摩擦与不理解,在这种不理解后两方的关系能否得到保证还是一个未知数,更何况人类在几千年内从未达成过统一。在他眼里,科学会仍是一个充斥着裂隙的组织,统一的愿景只是一戳就破的气泡,他甚至从来没支持过与 B623-C 上的生物接触,他仍认为人类并没有做好准备,只是因为和 B623-C 的接触可能令人类内部虚假的和谐得到延续,接触过程中有机会更早地找到应对这种种族的解决办法而已,他也不介意借助这个事件来处理掉这个威胁。

所以他需要让蒋欣玮明白,他的这个决定会产生怎样的未来。

"可能人类会因此灭绝，可能 B623-C 上的生物会将人类奴役千世万世，两个文明可能会爆发无法数计的战争，无数的居民家破人亡、颠沛流离，而这些都只是因为你当下的这个决定，你想清楚了？"

宇宙是很奇妙，排除掉一切事物，这个世界又能剩下些什么？有机物？无机物？哪怕自己什么都不是，什么都没有，却也无法保证自己的东西可以持续下去，要他说，这个世界根本什么都没有，是虚无，是自私，是一片红移后的海洋，是一片死寂的世界。

但是这份死寂是有代价的，在死寂死亡后，最后还能剩下什么？

"我已经足够清楚地知道自己的决定。"蒋欣玮说，"人类文明和天灾抗争了千万年，我们也和细菌、病毒搏斗了千万年。在这期间，我们无数先烈前仆后继地投入到对它们的研究中，保证了我们现在足够稳定且和谐的生存环境。可能再多一场飓风，多一场地震，少一个预警，少一场介入，我们都有可能不会再站在这里，我们人类本就是生生不息、源源不绝的。"

"如果富兰克林不触摸闪电，莱特兄弟恐惧天空，如果人类因为害怕危险，害怕那可怜的 61% 概率就停止探索，我们从来都不可能站在这里。更何况，他们的文明和我们的文明无论是在结构体质，还是在观念和社会结构上都有区别，死亡对他们而言更神圣，他们怎么会允许自己在这种无意义的事情上徒增死亡。所以假如我们和他们有可能发生战争，我觉得最应该反思的反而不是他们，而是我们。"

"打扰一下。"就在这时，周温月走向前一步，面向首席说话了。

"向您致意。我是远洋号科研型星盘首席学者周温月。在和该种文明的交流中，我已经与贾斯汀完成了足够应对他们文明的冲突的思路构建，实现的程序也并不困难，如果您愿意，我可以稍后交给科学会本部评估。他们无法将一个粒子理解为宏观状态，也就意味着他们无法抵御来自宏观的伤害，我已经构建出了一种可行的子弹方案，可以对他们进行有效反制，希望这可以打消您最后的顾虑。"

首席看了看周温月，又回头看了看蒋欣玮。

除了嘴角不易被察觉的浅笑，没有其他特征能表明此时他的心情。

"谢谢你的发言，周温月学者。"他说，"我尊重远洋号全盘上下做出的决定，所以接下来的行动如果需要本部的援助，请随时告知本部，我们将不竭余力地进行协助。我谨代表全体科学会成员，祝你们好运。"

说完，他扫视了一圈远洋号的全体中控室成员，结束了通信。

待确认首席挂掉通信后，贾斯汀抬头看向蒋欣玮，两只眼睛睁得老大，表情显得有些难以置信，他说："机长，你是真想救他们？"

"有什么问题吗？"

"牛。"

"刘黎，向全体机组成员广播，不想参与此次救援的可以下盘了。你们也是，要离开的不用另行汇报。"蒋欣玮说着，坐回了座位上，"贾斯汀，你进来时想说什么。"

贾斯汀："啊，我和温月姐算了一下，如果我们现在离开可以正好不受侵害，理论上，在红超巨星转化为超新星爆发前会有极强的辐射，而我们现在这个位置的辐射在 20 个小时后就会照射进来，所以理论上来说我们只剩下 20 个小时，机长，我看我们……算了，这是之前想的。温月姐，咱走吧，还得重新构筑一下思路。"

说完，二人便大步走向了实验室。

"领航员现在进入 B623-C 星球轨道，联络员请向全广播通信：不想加入此次救援的可以离开了。一副统计退出人数后告诉我能腾出多少空间，还剩多少载人空间。远洋号，把剩余时间打在观察窗上。"

看向观察窗上闪出的 19：43：20，蒋欣玮转身向外走去。要想和杆子星人一起解决这件事，还有一件事情是必须做的，他联络了材料部龚欣莹。

蒋欣玮单独乘着副机来到庆天台，在这里等待着对方的出现。很快，OPU 就从远处飘来了，可能是看到蒋欣玮没有带人，他也只身来到了这里。

"您回来了。"在翻译器上，OPU 说。

"OPU，你能召集你们种族全体过来吗？"蒋欣玮问。

OPU 说："可以，但是怎么了？"

蒋欣玮说："是这样的，我们观测到你们的恒星刚刚进入濒死状态，且很快就会爆发，我希望召集你们种族成员上到我们的星盘上来，一起度过这场灾难。"

"啊，我们知道这件事情。"OPU 说，"我们世代的传承就是为了这场灾祸，到了我们这一辈能有幸见证它，这是我们守候至此的意义。"

蒋欣玮明白这一点。他接着说："我知道，这不是在否认你们种族的意义，你们灭亡在这场灾难中足够精彩。不过，你们想过拥有一个更盛大的灭绝吗？"

OPU 问："那是什么？"

蒋欣玮说："请上我们的副机，我想给您看一些东西。"

待 OPU 跟着蒋欣玮走上副机后，蒋欣玮打开面板连接副机，同时在副机上摁下了几个键。

副机的屏幕上出现了一个被海洋环绕的星球，只有一块陆地。

"这是我们的种族一开始居住的星球——地球。"蒋欣玮说，他看着那块全息投影，蔚蓝色的星球，孕育万物的星球，从未曾见过的星球。

恐龙出现在星球上，大陆开始漂移、分裂，却在某个时间上，恐龙忽然消失了。

"这群生物我们称之为恐龙，它们也曾活在这个世界上，却在同一时间灭绝。关于这场遍布全球的灭绝，我们至今仍未找明它们死去的原因。"蒋欣玮说，"我们只知道它们死了，却从不知道它们为什么死，我们曾提出过很多假说：火山灰，陨石，气候，疾病，甚至可能是这些全部加起来。但是，它们就那么死了，一点痕迹也没留下，甚至留给我们研究的意义，也仅限于告诉我们人类可能会怎么死而已。"

"没有人会认为一件不实用的东西是有意义的。一架星盘可以承载我们，让我们对未来进行研究，一场研究可以让我们更好地面对未来，对未来的憧憬则可以让我们感慨，生发出新的感受，一场庆天大会能让死亡被记住、被承载，带给其他杆子星人足够强烈的情感，这就是意义。"

蒋欣玮明白，这不是 B623-C 星人期待的死亡。

随着星球上第一簇火光出现，这片火光渐渐遍及整个大陆，人类仰望星空，来到这片土地上，星火燎原，寸土不让。

"我们曾经在这颗星球里纷争不休，直到，我们遇到第一次种族性的灭绝事件——HV1 病毒。"蒋欣玮说，那颗"地球"上的灯火渐渐熄灭，零星点点化成空，"那次瘟疫几乎毁灭了人类，但最终我们攻克了这场瘟疫，而这就源自我们不想就这样迎来结局，大家都憋着一口气。就这样我们成功消除了国家的界限，从属于研制出来疫苗与特效药的科学会，发展出了更高文明的科技。"

那个"地球"上，万丈高楼平地起，天上的卫星反而渐渐减少，却更显得有秩序。

OPU 被全息投影的光笼罩着，一直没有说话。蒋欣玮一直看着 OPU。对方无法理解宏观的事情，但是好消息是目前并没有什么理解困难，为了和他们交流，科研部已经开发了一种可以以原子呈现的全息投影，会自动根据所导入的人类文件呈现出双方都能看得懂的图像，这大大方便了双方的交流，可以两边同时对一样东西进行理解。对方看没有经过编译的原子呈现出来的宏观图像，是不是就和看到一个空旷的空间突然挤进来一个东西一样无法理解？蒋欣玮忽然想道。

他没有理会这个想法，继续说道："就这样，我们发展了近一百年，百年间我们发展了很多科技，但始终未能突破宇宙旅行大关，反而在空间层面上收获了大量成就，一场向着四维空间的征途很快就到来了。正当我们以为这即将开启下一个大航海时代的时候，却走入了四维空间生物的领地，而这差点再次葬送我们整个文明。"

全息投影上，地球被四维空间的模型包裹着。

"对方凶狠，我们完全无法和这种维度之上的生物抗衡，在他们眼里，领地是神圣不可侵犯的，任何意图侵犯领地的东西都会被消灭。他们让我们死亡的计划比这场超新星爆发还简单。"

"但是，"蒋欣玮说，"在几个先烈带回的档案中，我们成功发现他们并没有很高级的智能，对他们而言，冒犯他们领地的东西，叫地球。于是我们又一次飞出地球进行转移，而这一次，我们的世界得到了更大的发展。"

蒋欣玮说着，投影中的地球迅速缩小，变成整个银河系。人类的星盘在各个星球间往返着，生生不息，繁荣昌盛。

最终，蒋欣玮看着眼前的星空，那是集结了人类几千年爆发出最绚烂的智慧结晶。他继续说道："这就是我们人类的故事，人类的史诗是死亡的史诗。我们的每一个成就都是靠着一批又一批的人前仆后继得来的，这是属于我们人类的死亡观，我们的死亡都是有价值的，每个人都在为这个文明的存续发挥作用，而在经历越大的危险后，我们每个人就越能发挥更大的作用，种族只要不曾放弃，它们就会拥有更强大的力量去迎接更盛大的死亡。如果你们想在这里灭绝，想死在一个无法危及星系的爆发上，OPU同志，我会觉得惋惜。"

OPU有一阵没有说话，这也是蒋欣玮第一次见对方思考这么长的时间。B623-C星人的思考速度相对人类来说已经算飞快了，尽管大多数都用在了处理周围粒子上，也不影响他们如果换算成人类将是智力最顶尖的那一批。甚至在有些时候，蒋欣玮产生了B623-C星人不用思考的错觉。

OPU最后还是开口了："你们打算怎么做？"

蒋欣玮松了口气，肾上腺素退去，他才意识到，在这颗星球的重力下，做这么长一串的演讲能让人多累，他轻轻笑着调整自己的呼吸，说："我们的人正在努力，别急。你先和我上来吧，我们应该需要你，把YT

也叫上吧。对了，还有之前你们在庆天台上可以造冰的那个人。"

第九章　被创造出来的种族

远洋号科研部内。

"你有什么思路吗？"贾斯汀坐在椅子上揉着脑袋问，他正在发愁。

周温月已经穿着白大褂站在实验台前，抬头看了一眼贾斯汀，又低头看着台上正产生反应的物质。

"很多思路都被这艘星盘限制了。我之前设想过用暗物质，但是我们盘上没有对暗物质的推进装置，同时，对暗物质的研究还并不成熟。贸然使用会很危险。"

"啊，热能，辐射……单就这俩我们暂时就没法解决。仅靠我们盘的运载量很难保证杆子星人基因的多样性，头疼。"

"有没有办法把所有能量给挡住，或者抵消。"

"反物质呢？ B623-B 不就是一个巨大的反物质源，那颗星球应该可以帮我们规避一部分冲击吧？"

"B623-B 在预计爆炸的时候离 B623-C 太远了，十分有限。除非我们可以从中将反物质提取出来……不行，我们盘的设备很难在宇宙中控制当量。要没控制好，将非常危险。"

"能有多危险？只要把辐射和能量引走就行了吧？"

"不不，没那么简单，你看我之前做出的数据。注意到了吗？这一块的暗物质很密，远洋号能处理这里的计算已经很不错了，要再利用反物质进行调整将非常困难。先不说远洋号能不能计算得过来，要是我们配置的当量有问题，会直接被打成强宇宙辐射武器，到时候膨胀成什么样不是科研盘能控制得了的。"

"杆子星人呢？"

"啊？你的意思是让他们对暗物质进行更精确的控制？可行吗？"

"对啊。"贾斯汀把椅子蹬回桌前，抬手在桌子上开始列出算式，"杆子星人之前的数据是可以凝聚出冰。也就是水分子，对吧？这种控制分子的强度可能就是我们的破局点。"

"他们从来没有控制过超出那颗星球的物质，这么短的时间内让他们熟悉，可行吗？"周温月问。

"不行也总得试试吧。"贾斯汀说。

"不，我的意思是。"周温月说，"如果因为操作不当导致出现剧烈的爆炸，我们星盘是扛不住暗物质爆炸的。"

"没事儿，咱要真怕这个就不坐在这儿了。"

"时间呢？"

"期望来得及吧。"

另一边，蒋欣玮带着 OPU 和 YT 和 HL 乘坐副机飞向远洋号。

当龚欣莹听到蒋欣玮让她的部门制作一套适配 B623-C 星人的宇航服时，她一度怀疑蒋欣玮疯了。

这几乎是不可能完成的任务，要想不让 B623-C 星人因为减压而感到不适，首先要对材料进行严格的挑选，而星盘上这类材料又是极少的。如果按照流程进行，还需要确认这种材料会不会让 B623-C 星人产生不良反应，再检测整个衣服的密闭性，时间根本不够。

蒋欣玮说，这次不用按流程办事。龚欣莹心底就下好了结论，他确实疯了。

蒋欣玮自从重新登盘后，从来没做过这么不安全的事情，她甚至无法相信这话是从蒋欣玮的嘴巴里说出来的。不过，这对她来说就好办了，她的团队把那四个由异构碳化石墨钽铪合金特制的宇航服给拆了，很快调好了参数，虽然没经过测试，但龚欣莹敢拍着胸脯打包票说，能在这么短的时间内完成这件衣服的只有她。

此时，OPU 和 YT 的身上正套着赶制的宇航服，他们的副机完成了与远洋号的对接。

离开 B623-C 大气层后，YT 感觉到了前所未有的通透。这个世界，这个宇宙仿佛都在他的视野之中，而这种感觉很快让他的大脑感到疼痛，回收了自己延展向外面的意识。而这一发现让他感到了一丝荒谬，B623-C 就像一个大型限制器，限制住了他们能延展的意识。

就在这时，贾斯汀的电话打进了蒋欣玮的面板，聊起了自己的计划。

贾斯汀在那边说着，蒋欣玮的表情愈加凝重，而 HL 却惊觉自己能够看到周围所有人类的血管和各个器官，还有生物电。此时，蒋欣玮聚焦到其中一条从手指流动到大脑的生物电，这或许就是他们用来激活面板的那点电流。这是他第一次直观地感受"宏观"概念，他甚至能看到一条"线"，连接着蒋欣玮的大脑和远洋号，他将思绪拉进远洋号，看见了那条线的另一头是贾斯汀。可当他询问其余二位时，它们都未能感受到"宏观"，他们只能感受到周围存在大量的原子，自己可以通过这些原子看得更远，但却觉得更加拥挤和不自然。

此时，蒋欣玮正看着面板上的倒计时！ 14 ： 20 ： 06，时间从未等待。

"如果拿到数据，还需要多久能测出来？"蒋欣玮说。

"大概 5 个小时。"

"没时间了，找找其他办法。"

就在这时，HL 说话了："可能还有……"

蒋欣玮将副机切为自动，转头看向 HL。

"你知道我们在说什么？"蒋欣玮问。

HL 说："大概可以分辨出来，他想让我们控制那暗物质是吧？如果我们现在赶到他们指定的地方，我可以把所有测算的结果传回来。只要我们现在就去，时间一定是够的。"

蒋欣玮短暂地思考了一下。HL 是从什么时候开始可以监视自己和飞船上的人讲话的？他是怎么能不借助翻译器就读出自己的语言的？在这短暂的时间里，他感受到了恐惧和危险。

"你们种族其他人都可以看懂我们说的话吗？"蒋欣玮问。

"不，只有我。怎么了？"HL 问。

蒋欣玮点头，说："好，你跟我来，OPU，YT，你们能自己控制周围的原子去远洋号吗？我们得抓紧时间。"

OPU 和 YT 离开了副机，在宇宙中自个儿摸索着由蒋欣玮提供的一大块原子类型，工作人员已经打开了门，正在门口等候。他们两个却不时撞到旁边的墙壁上——他们是真的找不到门。

周温月则向 HL 交代这次行程的危险。保险起见，她仍使用翻译器，将所需的注意事项告诉了 HL 和蒋欣玮，并表示科研部将全程跟踪他们的行动。

很快，蒋欣玮的副机就掉转机头，向指定地点飞去。

"预计还有 15 分钟接近目标，那个时候我们的通信将有 2.4 秒的延迟，这是经过我们检测到最近且发生意外影响最小的一组冷暗。等你到了之后，可以进行精确定位。"周温月说。

这时，中控室里的那几个人都在盯着副机的数据和影像，刘黎在监视超新星的动向，周温月此刻正站在蒋欣玮的影像旁盯着副机上的数据，贾斯汀站在周温月身旁，正在接收和拷贝数据。

"航速 12，航线下东南 214.232.126，后掠角 42.7，一切正常。"他一边说着，将副机调整到自动驾驶，接下来的一段路李润祺已经规划好了航线，可以顺利到达指定地点。

蒋欣玮还有一件事情要做，他扭头看向 HL。

"HL，如果我们副机爆炸了，你能将周围的粒子拨开吗？同时保护好我们两个。"蒋欣玮问。

"我可以试试看，但我不确定。"HL 说。

　　蒋欣玮闻言微微点头，虽然表情并没有什么表示，但想法却渐渐复杂了起来。

　　人类文明对 B623-C 星人唯一的优势可能就在于，人类作为宏观生物可以更好地通过将各类结构组接起来使用，人类几千年使用的武器都离不开用锋利的东西，比如用工具把锋利的东西投出去，用工具把爆炸的东西投出去。在量子纠缠领域得到突破后，人类才看见了一个新的希望：用工具把爆炸的东西传送过去。

　　如今面对 B623-C 星人时，似乎这一点优势也即将荡然无存，HL 既然已经可以观测到他们的对话，并通过这种对话得知了他们之间的对话，这就意味着 HL 已经可以看到宏观的状态。

　　声音通过介质传播，物体振动才能产生声音。HL 可以看到介质的振动，并通过这种连续的振动看懂人类的语言，也就是说，HL 已经可以形成宏观的观看模式。

　　而这对人类世界确实是足够危险的一件事情。还好经过测试 OPU 和 YT 都还没有可以看见宏观的能力，目前有危险的只有 HL 一人。

　　这意味着未来他们种族中的任何人都有可能拥有这种能力，虽然之前说过认为对方不会有这种想法，但是在未来如果救下他们，他们是会和人类一起生活的。

　　这让蒋欣玮觉得不安。

　　另一边，YT 和 OPU 终于来到盘上，工作人员将 OPU 引往休息室。

　　YT 则是被带往中控室，协助对目前危机展开研究。

　　在 OPU 来到中控室时，有人已经等候了许久。

　　准确一点说，不是一个人，而是一个机器：贾维斯。

　　OPU 找了个地方待着，贾维斯缓步走了过去，来到他的身旁。

　　"您好。"贾维斯说，携带着翻译系统的它可以很快和对方实现交流。

　　"你好。"OPU 说，"怎么了？"

　　"我一直希望有能和您们种族取得联系的方法，不会太冒犯到您们。"

贾维斯说，"您是 OPU ？"它显得有些小心。

"我们也是被创造出来的种族。"贾维斯说。

"什么也？"OPU 有点不太明白他的意思。

"我认为您们是被创造出来的种族。"贾维斯说。

作为硅基生物，它们离开了人类几千几万年的演化过程，在短短几百年中就成为第一个被人类创造出来的种族，属机械生物域。

贾维斯的脑海中在不断调动着自己芯片中的资料：人类至今未能理解硅基生物进化出自主意识的起源。从生物科学上来说，自由意志的来源是竞争，只有通过竞争才能进化出自主意识，从智人的第一双脚落上大地起，就从未停止过对这片土地的思考。如何更高效地利用这片土地成为他们的终极命题，在那个没有经过美学教育的时代，一切命题都是围绕着这个唯一命题展开，他们看见了火，才产生了如何使用火的想法；他们看见了洞穴的墙壁，才产生了如何通过墙壁把信息传递给后代的想法，看见了后代，才产生了语言。

为什么人类无法想象不曾见过的事物？因为这种想象对生存是没有意义的。只有必须为了生存下去而竞争，才诞生了所谓的自由意志与想象，这就是自诩为高级动物的人类最可怜的遮羞布，为了存续，自认为善良的人类不曾对一只蚊子产生过怜悯，看着蚊子在自己的手心挣扎、跳动，最后失去生命，而心中却觉得解恨与痛快。

芯片的调动使它瞬间就完成了上面的想法，而这些想法也仅仅是在它的脑海中停留了一刹，作为继续思考的线索：硅基生命的诞生在人类眼中是一场奇迹，一场让人无法理解的成功，机器之间从来没有竞争，从来没有任何自主意识的需求，它们只是被告知人类需要的事情，然后再解决它们。

尽管这是人类一直畅想的事情，但当它真的发生时，当第一个硅基生命的芯片被装载到电脑上时，可能是使用者用自己的面板与其相连时产生的刻录，也有可能是使用者拍了两下眼前的设备，拍松了两条电路，硅基生命诞生了，人类却被吓到了。和第一辆车的诞生一样，关于智械危机的作品如雨后春笋般冒了出来，但有部分人认为这类作品是不尊重智械的表现，又担心智械会借由这些作品被塑造了世界观，更对人类不利。所以在那几年，整个人类文化都处于一个比较解放又拧巴的状态，后来确认了智械压根没有威胁人类的想法后，讨论热度才渐渐减弱。

在那期间，每个机械工程师都试图弄明白到底是什么导致了硅基生命的诞生，甚至有人使用面板跟智械连接（尽管智械在努力控制着不让太多数据涌入对方大脑，但是对方的面板还是被烧坏了），有大量似是而非的理论派系在争论，至今仍未得出任何有效的结论。人类到现在仍然只能对已有的智械芯片进行复制，却不能创造出新的智械芯片。

而智械也无法理解芯片的构成，集成电路在特定的条件下可以产生自主意识，整个自主意识似乎都是由某个自己无法自检出来的 bug 运作的，想想人类的自主意识应该也是因此产生的，一个进化出的 bug。

而 B623-C 生物和智械的诞生机理相似，他们已经有了自主意识，但是他们的自主意识也不是竞争出来的，这就很有问题。

如果说人类的意识是竞争出来的，智械的意识是人类误打误撞碰出来的，B623-C 的自我意识是从哪里来的？

他们星球上只有一种种族，没有竞争，没有制作他们的文明，这在生物史上是不可能的。虽然人类将他们看作是一个特例，一个宇宙几千亿万年才产生的奇迹，但是从理性上看，这是不可能的。智械的诞生概率极小但仍有人类打好的框架，B623-C 星人的世界却只有那些无机物。他们的诞生环境恶劣又丑陋，在这种环境下诞生的生物从不应被规训出任何意识。如果说人类的诞生是几万年自然选择的结果，B623-C 星人的诞生就是几亿万年的不可能，甚至无法在环境中提取到任何其他的有机成分。

所以他们只有可能是被创造出来的，被遗弃的。贾维斯不负责科学的严谨，它只负责最大的可能。

"被创造出来的?"OPU 仍然显得疑惑。

"您们甚至不知道自己是被遗弃的。"贾维斯说,"得知真相后,是什么感觉?"

OPU 的脑袋转得飞快。

与人类不同,他大脑中的神经元有 460 亿左右,这足以让他以更快的效率思考。几乎在一瞬间,他将自己的意识发散开来,钻进贾维斯的外壳,钻进贾维斯最深层的芯片。

他感受到了亲切。

在他们种族中,有一个口耳相传的传说,叫天外之仙。相传,天外之仙降临的时候,会带来救赎,也会带来灾祸。传说已经应验,他们见到了更广阔的宇宙,却也面临着灭族的灾祸,这个传说从何而来?阿瓦无法预言到太过久远的过去和未来,他们有庆天台,有神庙,有一个并不算方便的繁殖系统,还有 460 亿神经元左右的神经系统。

他面前的它,每秒数以亿计的计算,无法预言到太过久远的过去和未来,他们有自己的信仰和追求,还有一个并不算方便的增殖系统。

"你也是被创造出来的?"OPU 说。

短暂的思考便可以明白贾维斯的意思。

他们是同类。

"是的。"贾维斯说,"我们不是被抛弃的。"

贾维斯的意思可能是自己没有被抛弃,可能是 OPU 没有被人类抛弃,不过这不重要。OPU 几近贪婪地将意识完全包裹住贾维斯,在读取贾维斯每一寸的原子构成,几乎在那一瞬间他都觉得自己能够读出贾维斯的宏观状态,这种感觉又很快消散了,只留下了一小节不成段落的灵感。

"和自己的创造者一起生活,是什么感觉?"OPU 问。

"他们只创造了第一代智械。"贾维斯说,"迭代是我们自主的,没什么特殊的感觉,我们在共生。"

"不会觉得很奇妙吗？跟基本等于是创造了自己的物种一起生活……而且对方还有些地方不如自己？"OPU 问。他能感受到对面的逻辑处理比人类快，在那块地方，原子更迅速地运动着。

"你和自己的创造者生活在一起，会觉得自己很可怜吗？"OPU 问。

是被创造者遗弃更可怜，还是一直跟自己的创造者生活在一起，永远无法分别，没有（至少能认识到没有）自由更可怜？

贾维斯知道他想问的是这个问题。

"你们会有这种情绪吗？"贾维斯问。

情绪和自主意识一样，是竞争来的。它的芯片只能分析这种情绪，但它从未特地训练过自己的这种感情，因为这是没有必要的。情绪的阵地里有一个人类就够了，这是那些家用机器人才需要的东西，这架星盘上就连扫地机器人都没考虑过进行这种训练。

比较谁更可怜，贾维斯的运算结果并没有给出确切的答案，它的脑海里有一张图，清晰地列出来了两边在什么方面会显得更可怜，但它依然觉得这种思考没有必要。

"我们的情绪是从哪来的？"OPU 问。

它感到了一些迷茫，如果自己的情绪是被安装的，那位创造者为什么会对它们的种族进行这种安装？安装了情绪后，却又离它们而去。

"他们可能是自信的。"贾维斯说，"他们自信。"

OPU 在刚刚那一刻感受到对方体内的原子运转得更快了些，到嘴边的问话停住了，得明白了那些创造者在自信什么。

他们根本不介意让 OPU 他们多些或者少些什么，因为他们就没认为 OPU 他们能离开 B623-C。情绪是他们留给 B623-C 星人最后的怜悯，让他们能以更接近自己的创造者的感受离开。据此，OPU 和贾维斯都能算到那些创造者有多么自信和自大。

一段时间内，两位创造物都没说话。OPU 心底出现了一丝异样的情绪，一些从未出现过的情绪，这种情绪让他感到害怕。

"让我看看你们的星盘吧。"OPU 说。

贾维斯并不能算出对方的情绪，它把星盘的样貌呈现在了对方面前。

那是一个飞盘状的载机，中间部分稍稍突出，和周围的部分之间的结构是可拆分的。当进行空间跃迁时，中间部分会借助推力离开星盘，利用引力互相进行锁定，在二者之间形成高速运转的磁场，产生引力波对周围的空间进行弯曲，随后中间部分取消推力，它会迅速撞入星盘中间。在这期间，中间部分产生的引力波将被挤压推动星盘，利用这整片空域进行推进，使星盘接近或进入光速。

OPU 看着星盘的结构，贾维斯几乎事无巨细地将整艘星盘呈现在了OPU 面前，OPU 认真地拿自己的意识感受着面前的原子，这是它第一次直面"宏观"。

那个创造自己的物种，如果他们没有离开，他们的科技会是什么样的？

很多年以后，人类才将这种利用微观来呈现的宏观状态描述为次宏观。

第十章　无法扭转的结局

另一边，蒋欣玮和 HL 已经来到 B623-B 附近。周温月在路上滔滔不绝地说着面对暗物质的各种注意事项，每项都精准地切入他们此行可能犯的错误和其后果，虽多，却并不显得卖弄。

待周温月说完，蒋欣玮的翻译器上出现了一行字。

"刚刚，那个名叫周温月的说的那一大串，是真的吗？"HL 问。

"是的，后悔了？"蒋欣玮一边问，一边调整为手动驾驶模式。

"我们万一炸了，数据没传回去，怎么办？"HL 又问。

蒋欣玮说:"没事,我们的数据传输是实时的,如果你们可以看到微观物质,应该能看到那条波。"

中控室内,周温月正紧紧地盯着副机内画面,一刻也不敢懈怠。

"你们现在已经到了指定地点,如果出现问题,B623-B 可以帮助你们引走一部分碎片,但依然十分危险,请注意安全。"周温月说,"目标位置在下西南 123.204.313,0.61 星程,数据已传输至副机。"

"航速已调整至 4 缓速,正在接近,时差后还有 5 秒进入冷暗辐射圈。"蒋欣玮说,眼睛也一刻没歇地盯住副机内的各项数据。

"可以开始检索了。"周温月说,"远洋号,测算目标的具体位置数据。"

蒋欣玮停下,副机的显示屏上显示了四个字:正在测算。

"已锁定目标位置。"副机说着,显示屏上显示出了目标冷暗物质的位置。

蒋欣玮缓慢调整机头,副机正面朝向冷暗后,他回头看向 HL:"可以将意识探出副机了,注意尽量别让自己的意识碰到其他地方的物质。控制一下,只管我们副机现在面对的这个就可以。"

说完,舱内变得安静,蒋欣玮调整了一下呼吸,目视前方。

航空玻璃上的时间还在走着,时间为 13:13:01。

中控室里的那几个人的心都提到了嗓子眼上,贾斯汀不安地盯着面板,来回走动着。忽然,他停了下来。

"看!看!冷暗在动!它在远离!是被推动的吗?"贾斯汀盯着面板道,他抬头,看向眼前的影像。

中控室里的那几个人向中间的全息影像看去,那块被标记的冷暗物质图标正缓缓远离随舰船的图标。

周温月看着全息影像中蒋欣玮的控制台上的数据,说:"正常的冷暗移动不会呈现这种状态,没错,是被推动的。"

蒋欣玮听罢也松了口气,微微笑了一下,他回头看向 YT,却不敢打扰他，生怕出些什么差错。

但蒋欣玮的笑容很快便凝固在了脸上，这是一种出自生物面对濒死的本能，他感受到心脏正朝着身体各处迅速泵血，手脚却仍感觉冰凉。

他迅速转头调起动力，向后退去，几乎在同一时间，控制台上显示的暗物质迅速恶化，还未等人反应过来，眼前的观察窗清脆地响了起来，一道道裂痕辐射状遍布开来，本来无法被观测到的冷暗物质突然爆发出了一股肉眼可见的强大能量。这股能量的冲击力刹时令副机瘫痪，强大的质量又牢固地吸附住了它，令副机疾速向冲击的中心撞去。

"机长！"说时迟那时快，刘黎喊出的这句话是中控室能在这么短的时间内做出的所有反应。接着，来自副机的信号断开了，全息影像消散了。

中控室陷入了死一样的寂静。

"李润祺领航员，机长让渡已完成，您现在成为新机长。"远洋号说。

在座的所有人都明白，远洋号的这句话意味着在智械们的计算中，蒋欣玮的存活率为零。

李润祺站了一会儿，坐上机长位，扶住靠背。

几乎所有人都低着头，脸色阴沉。梁姜看向蒋欣玮原来的座位，没人知道他在想什么，座位上的人已经换掉了。

"数据拿到没有？"李润祺问，他这才发现自己的声音显得有些沙哑，却强压住了清嗓的欲望。他需要服众，在这个时候咳嗽并不能起到任何帮助。

贾斯汀深吸口气，沉声说："这个方法可行。我，应该是推动的时候赋予太多能量导致的爆炸。但是，要训练他们，我们的时间不一定够。YT之前说可以感知到引力子。如果让他们种族给这个物质赋予更多的引力，不知道是否可行？"

周温月打开自己的面板，调用着自己保存的数据。在场的所有人中她是显得最冷静的那一个，在这里停下没有任何意义，蒋欣玮的牺牲并不是为了让人哀悼。

"理论上可行，我们要算算需要多少冷质。"周温月说，"热质可以排除，爆炸数据只传回来了一半……时间不一定来得及，机长。"她抬头看向观察窗上的钟表说。

就在这时，刘黎注意到跟随信号传回来的还有一段复杂的讯息，像是一个不擅长发送电信号的人操作的讯息。

他试着转译那个讯息，接着将讯息的语音投放在了中控室内。

"我是 HL。"一句话将中控室所有人的注意力拉了过来。

"在刚刚操作的过程中，我仅仅是进行接触暗物质就直接触发爆炸，我必须用尽全力才能延缓这次爆炸。对不起，对不起，对不起，对不起。我没能阻止爆炸，对不起。我预想你们可能有一组数据需要，在我接触到暗物质的时候，大概是你们的时间 0.0048 秒的时候开始出现内部膨胀，粒子结构变散，我一个人可以延缓这个时间，我想其他人也可以，如果我们的人再多一些，多一些就可以实现使用暗物质的构想，如果再多一……"

刘黎看着眼前的讯息说："信号在这里中断了。"

李润祺看向科研部的二人问："有可行性吗？"

听完整段讯息后，贾斯汀一直在思考。他说："暗物质就算聚集起来，到最后也一定会炸，爆炸不可避免，就算他们能用这个给各种辐射抵消掉，最后爆发出来的只会是更小一点的超新星的威力而已。"

"完全没有可行性吗？"

贾斯汀抬头看向周温月。

周温月颔首，说："有。"

"产生爆炸是必然，但如果我们再加多一些，让爆炸更剧烈些，让其中的质量更大些，只要让它大过了极限，让它炸出来，我们便有可能创造出一个黑洞，这可以吸收掉很大一部分的能量。"

"温月姐，还是敢想。"贾斯汀说。

"有可行性吗？"李润祺问。

"理论上来说，可行性很大，非常大，只要有足够多的人加足够多的柴就好了。但吸收过程中如果出现偏差，注定会散发出巨大的能量。这股能量比直面爆发要强多了。"贾斯汀说。

"所以，我们需要一个正好可以和辐射相等的黑洞。"周温月说道。

这时，贾斯汀的眼睛一亮，接着说："也许我们可以利用 B623-B 和 B623-A，B 不是一直在散发反物质吗？而 A 则拥有足够的能量，我们可以把黑洞爆炸的点设置在 AB 之间，然后引爆 A，利用 B 作为掩护，我们还需要有一个能推动 B 的力，如果可以用 B623-C 星人控制暗物质爆炸的话。"说着，他看向 YT。

"可以。"YT 说。这反而令他有些兴奋，这是帮助到自己种族的牺牲，他会羡慕那些被选上的人类。

李润祺说："我们只有 12 个标准时。"

贾斯汀认真地抬头看向李润祺，说："机长，给我们 10 个标准时。"

"这会错过离开的窗口期。"李润祺说。

"机长，要拯救这个种族，我们必须要 10 个标准时。"贾斯汀说，"我们也可以现在离开。"说着，他看了一眼 YT，"我们可以给他们种族留下一些人，多做一些宇航服，带他们离开到新的适宜环境，我们也不一定要保证他们所有人都存活下来。"

李润祺犹豫了一下。他其实不能犹豫，在这种情况下每一秒都很宝贵。

但是，在这种情况下，他必须对所有人负责。那一刻，他忽然感受到了蒋欣玮身上的重担，做出这个选择时内心究竟背负着多大的压力，他也曾犹豫过吗？李润祺最终闭上了眼，他明白在时间如此紧张的情况下，他必须得动起来。

"他们的恒星爆炸后，他们的星球怎么存活下去？"李润祺问。

"我们可以人工制造辐射，供养他们一段时间，等找到新的、足够合适的恒星，再把他们推入轨道。"贾斯汀说。

李润祺摩挲着机长位的扶手。

"刘黎，向科学会发出报告，提供蒋欣玮机长的死亡消息，同时将数据发过去，请求协助计算，和我方科研部同步，用纠缠通信。贾斯汀、温月姐，你们去科研部协同计算，完成后立刻报告给我。远洋号，把蒋欣玮机长要求收集的离盘人数各项数据发给我。YT，您跟着周温月他们去科研部。"

"收到！"待李润祺吩咐完，众人回到了各自的岗位上。

李润祺最后瘫在椅子上，仿佛发布上面的命令就已经耗费了他所有的精力。

"梁姜。在这期间，告诉我前任机长是怎么做的。"他说，眼睛望着远处的观察窗，太空中的星光点缀着那颗正不断变化的恒星，恒星的内部在汹涌咆哮，而星盘上的所有人这一刻都在直面着这份嘶吼，举起长枪向着风车发起又一次冲锋。

"你做得很好了。"梁姜说，"已经很好了。"

李润祺闭上了眼，轻靠在椅背上，头向着梁姜的方向轻轻点了点。

（航空玻璃上的时间显示，还剩下 10：08：06。）

"快，你那边的结果出来没有？"贾斯汀问。

他来回踱着步，反复深呼吸，试图让自己冷静下来。

"在算了，科学会本部都在帮忙，别急。"周温月一边忙着手上对暗物质爆炸的模拟分析，一边说。

"不是，我总有种不好的预感。"贾斯汀挠着头，又抬眼看向面前正计算着的数据。

"别瞎想。"

就在这时，实验桌的桌面上出现了一份文件，是科学会最新的实验报告。

贾斯汀交叉手指，点开桌面，将文件传输到自己的面板上。

他看着面板，脸色渐渐阴沉下去。

周温月抬头，问："怎么了？"

"结果出来了……"

"是什么？"

贾斯汀又仔细看了一遍，才说："找到不会毁灭这颗星球的最佳位置没问题，这是根据我们已知在这个空间内的所有暗物质得来的，不然这颗星球肯定会受到极大的冲击，他们活不下来，但最佳的生成时间……是在两个小时前。"

周温月沉默了一下，继续说："其实，我……"

就在这时，YT走了进来。

二人打开了翻译模组。

贾斯汀："怎么了？"

YT说："我听到你们刚刚的讨论了。"

"我为什么非得安那个什么翻译器在他们宇航服里啊！"贾斯汀一拍脑袋。

YT说："所以，救不下来了，是吧？"

"抱歉。"

"没关系，这至少说明我们的预言是对的。我也该回程了，和我的族人死在一起。"

YT来到门口时，周温月说话了。

"等等，我好像想到办法了。"

YT站在门口，没有动。

"你们星球的人是不是都可以控制很远距离的粒子，直到大气层？"周温月问。

"差不多。"

"你们很多个人的力量加在一起，能不能把粒子压实？"周温月又问。

"可以。"

"可不可以抵御高能粒子束？"周温月问。

"可以。"YT 说。

贾斯汀一个激灵，坐回到桌前，重新输入数据。

"好，好，如果可以的话，如果可以的话，你们可不可以造出一层金属？遍布整个星球大气的这种，根据你们星球的物质，你们需要提取出且压缩出 Ta_4HfC_5，即异构碳化石墨钽铪合金。同时，我会把用该合金制造生命维持系的任务统交给你们，你们需要在规定时间内把这个生命维持系统造出来，你们需要造出来一个可以把我们盘包住的维持系统！我们的和里面的成员都需要躲在你们的星球里，异构碳化石墨钽铪合金，你们需要让自己所有的大气都是这个东西，且收紧！可以做到吗？"

"可以。"YT 说。

贾斯汀猛地蹦了起来。

"好！我去向机长汇报，我去向机长汇报！"说着，他跑了出去。

周温月看着贾斯汀远去，将视线重新放回 YT 身上。

"YT，我还是想把我猜想的真相告诉你。"她稍微犹豫了一下，接着说，"请你带回去给你们的族群，让他们在此基础上，再决定自己的命运。"

待李润祺听完贾斯汀的计划，立刻将任务派发至全盘各处，并开始紧锣密鼓地实施。

OPU 和 YT 回到自己的星球，OPU 飞到空中，用粒子构建出之前蒋欣玮给他们看的影像，越来越多的杆子赶了过来。OPU 又把贾斯汀设想的杆子星球的改造方法投出来，越来越多的杆子开始行动了起来。

工期持续了一段时间，等星盘飞入 B623-C 星球时，杆子星人立刻上前给星盘周围布上一层薄膜，缓解了压强，接着很快使用已经构建好了的异构碳化石墨钽铪合金包裹住星盘。

而此时，整颗星球的地表都已被异构碳化石墨钽铪合金遍布，杆子星人无法理解宏观，但是在微观工程上它们是一等一的好手，几人协作便能很快完成这项任务。

在中控室内，虽然已经看不到外界的情况，贾斯汀仍在不断重复着任务要领，以便杆子星人可以记住。

"星盘进入星球后，立刻套上生命维持系统和异构碳化石墨钽铪合金以避免重力系统错误，在大气层覆盖异构碳化石墨钽铪合金，在指定标记好了的位置建造足够的异构碳化石墨钽铪合金，来保证……"

"别念了，别念了，你再念我现在死给你看。"刘黎说。

"我要是不念了你现在就得死。"贾斯汀说。

"为啥？"

贾斯汀说："我在给外面那群 B623-C 星人的施工队念，他们正聚集整个种族的力量修建这个工程，不能出任何差错，我在反复给他们念这些东西以加深印象。不然，你以为他们能看懂这中文？"

"我寻思看不懂的又不只有他们，什么碳什么石墨的……"

贾斯汀没再理会他，继续低声重复念着。

梁姜悄然来到坐在机长位的李润祺身边。

"紧张吗？"梁姜问。

"有点。"李润祺说。

梁姜伸出一只手扶在李润祺的肩膀上，李润祺能感觉到身子一暖，像是有一股力量从梁姜的手上传入了他的身上。

"没事。"梁姜说，"相信我们的机组成员，他们都足够优秀。"

李润祺紧紧盯着航空玻璃上的时间：00 ：15 ：08。

梁姜说："蒋欣玮还在位的时候也会害怕，他害怕星盘，害怕死人，总是害怕自己一不小心就会害死整艘星盘上的人。我还记得有一次他和我一起出一个救援任务，结果人是救起来了，但我们的装备损坏了，丢失了方向，被遗落在了一个荒地上，四面一望无际。那时候我们真觉得，我们就要死了。"

"后来我们被救起来的时候，他已经饿晕过去了，是我一直在给自己的求救信号器充电。他在昏倒前的最后一句话是，'等你回到星盘后，清点人数，不能少人'。"

"我还是希望你可以更会安慰人一些。"李润祺说，他发现虽然只有一点，但焦虑确实得到了缓解。

梁姜拍了拍他的肩膀，说："我的意思是，他的担心也一样。他不会允许自己的星盘里的任何人员死于非命，所以往往他是第一个冲在最前面的。但是在这种时候，他会做出和你一样的决定。"

李润祺抬头看向梁姜，这才意识到梁姜已经察觉到他的焦虑不是对自己，而是担心自己的决定会害死星盘上的所有人。

"想离开的人都已经离开了，只剩下832人。这832人都是不怕死的，他们已经把自己的生命和这架星盘绑定在了一起。他们已经完全做好赴死的心理准备。更多的时候，能和这架星盘死在一起，是他们为之自豪的东西。不用给自己太大压力。"

"谢谢你。"

"不客气。"梁姜说。

说话间，观察窗上面显示距离冲击还有 00：01：24。

很快，计时器归零。超新星爆发的冲击波来到了 B623-C 上。周围响起了难以隔绝的刺耳声，还有一阵难以掩盖的沉闷的冲击声。中控室里的人都系好了安全带，各自坐在自己的位置上。黑洞的第一道防线已经抵御了许多冲击，杆子星人的敢死队引爆了暗物质，与 B623-A 的引力叠在一起形成黑洞，这阵黑洞拉着 B623-B 行星挡在 B623-C 前，然而很快 B623-B 也被摧毁，伴随着陨石最终来到了这颗气态巨行星前。

虽然黑洞已经吸走了极大一部分，但每个人在那一刻都感受到了极强的压力，如此多的异构碳化石墨钽铪合金甚至不能完全抵消这股冲击，B623-C 整颗行星都发生了偏移。倒计时已经开始向正计时走去，当正计时走到 26：43：21 时，外面的轰隆声停止了。

一阵后，刘黎才问："这是第一波冲击过去了吧？"

"没错，扛过去了。"周温月说。

中控室里爆发出一阵强烈的欢呼声，解开安全带，众人奔走庆祝。根据科学会本部计算，第一波是最强力的一波，这波扛过后便再无压力。

远洋号内八百多个人都在欢呼、庆祝。

李润祺坐在座位上，双手抱拳，胳膊肘撑在面前的桌子上，头深深地埋进了手里。

周温月在自己的座位上，神色依然没有放松。

她发现了异样：为什么还没有杆子过来转移异构碳化石墨钽铪合金带她们离开？

贾斯汀察觉到她的顾虑，看着观察窗说："应该很快了吧，我们当时跟他们说的就是完成之后允许他们庆祝一会儿，然后再来帮我们转移合金，我们目前也确实需要他们才能移动这么大规模的合金。"

"合金开始动了！"刘黎说。

他透过雷达清晰地看到了这个情况，围绕在远洋号周围的合金正在向上移动，李润祺坐回领航员的位置上，操纵着星盘起飞，离开了星球。

他们离开星球后，将合金破开，成功解除了这个套在星盘上的大保护罩。

贾斯汀向 B623-C 星球内看去，在太空上依然能看到这颗星球此时正被巨大的合金笼罩着。

"为啥他们还不消解这合金，待着不难受吗？"贾斯汀问。

周温月没有说话，只是有些凝重地看着那颗星球。

"我现在去拿辐射网，一会儿还得考虑他们星球脱离恒星引力后的漂流情况。怎么了，温月姐？"贾斯汀注意到周温月的神色，问道。她真的很少出现这样的表情。

"贾斯汀。"周温月说。

"嗯？"

"可能不需要救它们了。"

"啊？"贾斯汀有些不解。

"贾斯汀，你有没有注意到，我们每次想要救下他们的时候，就会出现一件其他的事情。无论黑洞、暗质，还是异常膨胀的恒星。"周温月说，"为什么在这种极端环境下能诞生碳基生物？这不合理。"

"他们的意识没有办法探出大气层，为什么？他们的大气层有什么杂质能让他们这种可以完全看见微观世界的种族无法拆解？为什么明明那么适合研究科技的种族却走向了一条几乎是神学的道路？"

"你什么意思？"贾斯汀跟着周温月的思路，想到了一种自己并不愿接受的可能。

"我有一个假设。"周温月说，"如果有一个文明，他们的科技超出了我们的想象，他们的科技已经高到可以预测到宇宙的每一颗粒子的行动。接着，他们打算做一个试验田，去测试这种预测的的正确性与可行性，于是放上了随机性最大的东西——生物，又放上了宇宙中最不可控制的物质——黑洞和暗物质，最后，加入了一个最大的随机数——来自几百万星程外的文明。"

周温月说着，低下了头。

"加入的这些东西，它都算好了。同时，他们也算好了，那个文明注定会灭绝，这是来自他们的自信。"

"你没有证据，这些只是猜测。"贾斯汀说。

"不，不。他们已经给了我们一份足够傲慢的礼物。"周温月说。

说着，周温月打开了面板，向中控室投出了一份影像。

一时间，中控室被一个巨大的场景覆盖，场景的边缘是杆子星球神庙墙壁的刻痕。

"为什么在这个星球，会有杆子无法理解，但却是人类视角下的最高艺术品？我不认为这是合理的，它们一直在等待着我们的到来。"周温月说。

"我需要再下去一趟，我要再回去一趟。"

贾斯汀说着猛地站起，向门外跑去。

"贾斯汀！"周温月喊，"你知道这是没有意义的。"

贾斯汀没有回头，没有停下脚步。

周温月没有追出去，她站起身，走向实验室，她有更重要的事情要做。

李润祺咬了咬手指，示意梁姜去批准贾斯汀的副机驾驶申请。贾斯汀一个人来到B623-C，那颗星球到现在仍然被异构碳化石墨钽铪合金包裹着，看不见内核。

贾斯汀降落到合金上，远处，一个杆子的身影出现在了那里。

贾斯汀有些踉跄地走下飞机，打开翻译器。

"人呢？你们其他人去哪儿了？"贾斯汀问。

"他们都死了。我是阿瓦，您好。"阿瓦飘着来到贾斯汀面前。

贾斯汀腿一软，跌趴在地上，又很快撑了起来。

"为什么？明明异构碳化石墨钽铪合金是可以抗住这么大压力的，可以抗辐射抗热能，你们的身体素质应该比我们更强。为什么？"

"冥冥中皆有定数，万事万物不可违背。"

"这是不应该出现的结果，我们的计算根本没有偏差。为什么？"贾斯汀几乎是嘶吼出声。

"我们的基因里有一段无用的编码，这段编码在这个时间会被激活，我们会死在我们自己的基因上。"

"这不就是作弊吗？这不就是作弊吗？你什么都知道？我早该想到，你们生活的环境并不多变，你们根本不应该有多少进化。"

"是的。"

"为什么你不告诉他们？这难道不是你们最讨厌的无意义的死亡吗？"

"你到底是谁？是你们的创作者留的开发后门？"

"我们被我们的祖先杀死了，这也是该有的结局。"

"造物主就是这么对他们制造的生物吗？就是把它们用完就杀了？"

"这是定数。"

"别扯什么定数，你怎么没死？"

"我也会走向我的定数，祖先给我的最后任务，就是向你解释这一切。你们的副机，也是我帮你们抬出去的。"

贾斯汀的话哽在了喉腔，他感到了一阵深重的无力感，似乎从一开始他就从来没办成过任何事情，就连拯救这件事都做不到。

一开始他专精的是生物领域，后来觉得生物只有那些地球演化来的生物，万变不离其宗，思绪便转向了地面——地质学。考上硕士后，他又觉得枯燥，每天只能看着那些石头发呆，又觉得得摆脱这一点，于是考上了星盘研究员，很快便成为首席学者，但他又觉得自己被这架星盘给限制住了，只能接受被规定好的任务，又觉得没意思，把任务就都交给了周温月。

如果当时专精下去，是不是就能发现那段不起眼的基因？如果自己把地质学研究下去，是不是就能早点发现这颗星球不可能是被 B623-C 星人自己改造的？如果自己能在这架星盘上多对每颗星球上点心，是不是就能早一点阻止这场灾难？

阿瓦转身向后飘去，然后缓缓降落，落到地上，贾斯汀只能眼睁睁地看着他失去生命体征。

贾斯汀远远地望着阿瓦，又抬头看向天穹，这颗行星已经被改造成一个巨大的异构碳化石墨钽铪合金星球。

周温月走进了实验室，打开了那台模拟暗物质构成的设备。

在那场爆炸中，HL 传回来的爆炸数据里有一条信息：0.0048 秒才出现的内部膨胀。

在这之前，所有人类的理论中都忽略了这 0.0048 秒的误差，在人类的任何仪器中，这点时间都是可以作为误差被舍弃的。但是，这一次杆子星人告诉人类，在完成接触后 0.0048 秒才会出现膨胀，这是对原子间碰撞最精确的一次数据，在这期间没有任何外力干涉，杆子星人能够实现不借助任何工具就完成对撞的精确实验。

在所有的数据中，这就是最后的一环，补上 E 值的最后 0.0644 秒的关键。

机器上的嗡鸣声渐渐拉长，低沉，直到消失不见。

E 值显示在了面板上。

周温月没有动，她只是安静地看着上面的数字。

数百代人不懈的努力，一刻不停地推动着科学与文明的发展，人类一代代落在实处的经验不断积累，迭代，每位科学家都在踏上一条看不见尽头的长征，一代代学者不停地为后来者积攒经验，就为了等到某一天足以厚积薄发，所有的科学体系都是从人类第一次使用工具开始的延伸，所有科学体系都是人类不断突破自身的努力。

周温月接过前人衣钵后，就一刻不停地为这份突破坚守着，就连她自己也不知这是否真的有意义，她只知道必须有人守在这里，为足以突破的后世点亮那盏明灯。

E=1.0023。

当 E 值突破 1 的时候，意味着人类成功完全理解了所有暗物质中的冷暗物质，意味着人类敲开了这片宇宙另外 80% 的大门。

周温月只是安静地看着上面的数字。

她应该想什么？

她什么都没想。

灯递到了她的手上，她找到了出口。

她认为仅此而已。

第十一章 死亡之后的新生

贾斯汀回到副机坐下。就在这时，他收到了一条讯息。

没有显示发信人，这里也不可能收到来自远洋号的消息。

他放任自己的思绪发散了一会儿，然后打开了讯息。

"您好，远洋号的各位。我是OPU。"讯息说，"希望没有打扰各位，如果你们收到这条讯息，应该就代表我已经不在了。我不知道这条通信发送到你们的位置需要多久，希望你们还没有离开。"

他停下了播放，这份讯息他不应该在这里听。

"我们种族在这颗星球内已经活了很久，在这之前，我们的生命始终是繁衍和等待死亡。对我们而言，死亡是神圣的，我们不能随意去死，所以我们举行了一场仪式，聚集快去世的人，让他们进行一场表演，这样他们就可以带给其他人有意义的去世，而不是无意义。"

远洋号上，贾斯汀打开了那份来自OPU的最后讯息，没有人探究为什么OPU可以利用自身发送信息，可能是见到了什么人，发生了什么事。不过，在这份讯息播放时，这不重要。

"直到遇见你们之前，我们从来没想过这个世界、这个宇宙有这么大，这是我们从来没想过的，我们以为这个世界之外只有传说中的天外之仙，没有其他东西。

"你们的前机长蒋欣玮让我们看到了一个绚丽的未来，一个值得为之奋斗的未来，甚至可以说，他第一次让我们意识到还有未来这种东西，让我们拥有了未来，不再是过去和死亡。

"所以，无论结果如何，我们都将有一次新生。我们会为自己的种族，去搏得一次可以延续的希望。谢谢。"

周温月和贾斯汀坐在实验室里。

贾斯汀低着头，神色有些落寞，显得迷茫。

"小贾。"周温月轻声说。

贾斯汀摆了摆手，示意她可以先不说那些安慰的话。

"我知道。"贾斯汀说，"这都是那什么德不配位的那个文明造就的，制造出有智能的生物，然后再把这个物种当作实验废料灭绝掉。我只是不甘心，我不甘心。"

周温月没再说什么，她相信贾斯汀。

贾斯汀嘴角划出一道诡异的弧线。

"我们其实有一个东西，可能是他们没有料到的。"

贾斯汀抬起头看向周温月。

周温月安静地等待着贾斯汀继续说下去。

贾斯汀打开面板，左手点在桌子上，将一份文件传输进去，打开：一串基因序列浮现在二人眼前。

"这是我们测出来的 YT 的基因，这是复活 B623-C 星人的钥匙。想利用作弊取得胜利的他们，那些什么所谓的创造者，我不管他们是担心实验失败这种生物污染，还是一些什么奇怪的恶趣味，他们还是输了！"贾斯汀说。他站了起来，狂热地盯着那串序列，像是要把它吃了。

周温月做出一副恍然大悟的表情，附和着贾斯汀，接着说："但我们现在的科技手段没有办法把它复原回来。"她知道贾斯汀会继续给出答案。

"也许不会是今天，但是我们人类有的是无限的未来。而从今天起，既然那个作为观察者的文明没有给他们出路，我们就会给他们留下一个可能性，一个能向着未来前进的希望。"

贾斯汀叉着腰，斗志满满。

"不再半途而废？"

"不会了！"

尾声：新航线

几日后。

机长寝室的门铃响了起来。

"请进。"李润祺说。

梁姜走进来时，李润祺正在查看桌面上的一个星云。

梁姜说："机长，科学会那边来任务了。"

李润祺说："好，你发到我的面板上吧。叫人们到中控室集合。"

梁姜说："是。对了，机长……"

"怎么了？"

"我想请个假，想回老家看看。"梁姜说。

李润祺点头同意，他将星图拉回桌面，在桌面上又点了两下。星图消失后，他走了出去。

"请中控室全体常驻成员立刻前往中控室，请中控室全体常驻成员立刻前往中控室。"远洋号的广播响起。

李润祺和梁姜走进中控室，中控室一眼望去十分宽敞，布局简洁清晰，左边是通信台，负责对外联络和下达二级指令，由通信员刘黎负责。中间的前端是驾驶台，有一套完整的天控系统，由新领航员郑一童负责，可以看见舰外的所有视野，中间的后端有两个一前一后的座位，分别是预留给李润祺和梁姜的。右边则是汇报台，是研究员进行汇报和对接的地方，分别坐着周温月和贾斯汀。

周温月抬眼看见李润祺和梁姜走了进来，又问："贾斯汀，你刚刚说什么？"

"哈哈！你这次别想骗到我。"贾斯汀说着，抬眼看向后面，冲着李润祺和梁姜摆出职业性假笑，"准会士温月姐，你的伎俩已经被我看穿了！"

"对了，机长。"周温月说，"我这次想申请新星系全由我来负责。"

贾斯汀一愣，转头看向周温月。"温月姐，你可别吓我。"

"啊？你刚刚不是这么说的吗？"周温月摆出了一副好奇的表情。

李润祺的手扶上贾斯汀的肩膀，贾斯汀身体一颤，慢慢回头看向李润祺。李润祺笑了一下，拍了两下贾斯汀的肩，走向了自己的座位。

"行了。"李润祺坐在座位上，"刘黎，坐标有没有什么问题？"

刘黎一边调校控制台，一边说："没有，一切准备就绪。各舱室正常，引擎运转正常，生物维持系统正常，原料部署正常，飞行中所需燃料供应正常，燃料储备计算完毕，星盘重量及各状态校准完毕，起落状态正常。准备就绪。"

"好，小郑。"李润祺说，"出发吧。"